逆木一郎
圖・みやま零
龍姬
祭品與最強魔物
濃情蜜意

第一章　龍姬的蛻變

或許這是——走投無路後的自殺也不一定。

「咯啊啊啊啊啊啊啊啊啊啊啊啊啊！」

右臂被咬斷的激烈痛楚讓亞爾克·耶爾吉特發出吼聲。

傷口不停流血。

不處理的話，轉眼間就會達到致命量吧。

只是，亞爾克現在也沒時間止血。

「啊啊啊啊……咕嗚……咯……」

話說回來，孤身一人挑戰龍(dragon)本就是毫無勝算的愚蠢行徑。

更不用說連魔法都不會用，也沒攜帶附加魔力的武器，拿手武器也只有一把不是由名匠打造的長劍，孤身一人闖進龍的住所，別說是有勇無謀，這根本就是瘋了。

這裡是位處岩山斷崖絕壁上的洞窟——深處。

亞爾克在那裡與那隻美麗的怪物對峙。

與其他的所有生物類似，卻又不一樣。

獨一無二，應該說是在生物相中超絕般的——孤高存在。

保持著甚至可以說是優美的勻稱，其軀體卻又遠比牛馬巨大，倒不如說甚至有時會把這些大型家畜當成獵物掠奪。姿態令人聯想起蜥蜴，又擁有蝙蝠般的飛翼，具備如同山羊般的角，製造出這一切的偉岸身影無比具有威嚇性……對於對峙者而言是絕望的具體形象。

其存在等同天災，區區人類一旦遭遇，就只能趴伏在地向神祈禱——是一旦對上眼，不論何人都會如此確信、最大最強的怪物。

「嗚……咕……」

這場遭遇幾乎就像是意外似的。

沒時間窺探對方的應對。

既然如此，就應該轉身頭也不回地逃離現場才對；然而亞爾克卻瞬間選擇戰鬥，選擇了戰鬥。

初擊狠狠擊下的劍無法在外皮上造成半道傷口，輕易地折斷——接著亞爾克被尾巴有如在說真煩人般的一擊轟飛。亞爾克被狠狠摔上岩壁，肺部的空氣被衝擊絲毫不剩地擠出，痛苦地掙扎。他之所以口中噴出血沫，恐怕是因為折斷的肋骨刺進肺部的關係吧。

僅僅是一擊。

龍甚至沒使用爪子、獠牙，以及角，還有被視為是最大武器的「閃電」或是「吐息」。如同文字所述，就只是揮開煩人小飛蟲這種程度的事，就輕易讓亞爾克變成瀕死狀態。

即使如此，亞爾克仍是一邊吐血一邊起身，高舉斷劍向前突進，但龍卻一口咬斷了他的右臂。手肘前方的部位消失在巨大顎部中也只是一瞬間的事。別說是咀嚼了，根本就是一口吞下。

而且——

「咕……啊……」

間不容髮——咬進臟腑的獠牙觸感。

彷彿在說只有右臂不夠似的，龍一邊輕搖牠的長脖子，一邊咬上亞爾克的軀體。

最強的食人魔物，那就是龍。

那個長顎裡的一整排獠牙不但根根巨大，而且像是刀刃般鋒利，只需一咬就能令獵物滿身是洞。

亞爾克穿在身上的硬革鎧（hard leather mail）只等於是一片薄皮，恐怕就算是鋼板鎧（plate mail）也一樣吧。

「……啊啊……啊……」

肉噗滋噗滋被扯斷的聲音，骨頭咯啦咯啦碎裂的聲音，一層又一層在亞爾克體內死纏爛打地回響著。已經不行了，會死，一切告終。剩餘時間以猛烈的勁道減少，生命在轉眼間就要中斷。

然而——在那之前。

「嗚咕……咕……啊……啊啊啊啊啊啊啊啊啊啊啊啊啊啊啊啊啊啊啊啊啊啊啊！」

亞爾克大吼。

他絞盡自身體內僅剩的生命力，硬是彎曲已經快被撕成碎片的軀體，彎下脖子，伸長只剩下一邊的手臂，朝龍的喉嚨——

「啊啊啊啊啊啊！」

——咬了下去。

～～～～～～～～～～～～～～～～～～～～～～～～～～～!?

是對於軟弱獵物在最後垂死掙扎感到相當意外嗎——龍咬著亞爾克，就這樣從牠被咬住的喉嚨深處發出困惑般的聲音。

就算是能夠彈開長劍、彈開箭矢、連魔法都能卸去大半令它散去——這種離譜肉體的怪物，似乎也不是毫無弱點。亞爾克的牙齒奇蹟般地咬進龍鱗接合處或是外皮的薄弱處，雖然只有一點點，仍是弄破皮膚抵達了位於那下面的肉。

雖然僅有極少的血肉……亞爾克仍是一邊被龍吞食，自身也吞食著龍。

（活……該……！給我體會……被咬的痛楚……！）

這不是報一箭之仇，應該說是報一齒之仇吧。從口中滾落的不是話語，甚至不是聲音，而只是斷斷續續被血浸溼的喘息。然而，亞爾克仍產生些微的成就感。

舌頭上感受到的血腥味，不可思議地與自己之物……跟人類相去不遠。這隻強大的怪物也跟自己一樣是生物——亞爾克在腦海一隅為時已晚地如此領悟。

沒錯，牠是只要弄傷就會流血的生物。

既然如此——就殺得掉。如果人類的顎部都能弄傷龍。既然如此，魔力劍或是攻擊魔法就沒道理擊不穿。

就算自己在此殞命，如果這道傷殘留在龍的喉嚨上，之後趕來的人們——包含姬騎士莫妮卡．蘭古在內的〈勇者隊〉眾人就會曉得亞爾克了不起地完成了使命吧。這樣就夠了。本來打從志願成為〈勇者隊〉隨從兵的那時起，亞爾克就對死亡有了覺悟，光是沒有白白死去他就已經很滿意了。

（……莫妮卡……大小姐……！）

莫妮卡・蘭古──是亞爾克的青梅竹馬，也是跟隨十年以上的貴族千金。

就算亞爾克只是蘭古家族的庶民傭人的兒子，她也是很溫柔地對待他，簡直像是家人似的。從亞爾克的角度來看她是應該要服侍的主人，同時也是大三歲的、比任何人都重要的「姊姊」──所以她被提拔為〈勇者隊〉的時候，亞爾克就毫不猶豫地志願當〈勇者隊〉的隨從兵。雖然力量微薄，亞爾克仍想要幫助踏上危險旅途的她。

「咕啊……啊……啊……」

如果可能的話，再咬一口。

要盡可能地在龍身上刻下深刻的傷痕。只要這麼做，就算自己在此殞命，或許也能在莫妮卡・蘭古心中刻下自己的存在。亞爾克在因痛苦而混亂的意識片隅思考著這種事──

「…………嗚！」

亞爾克再次用牙齒咬上剛才在龍喉嚨上面弄出來的傷口，一邊在這裡……失去了意識。

「亞爾克，這位是你要服侍的蘭古男爵家的千金小姐——莫妮卡大人。」

被這樣介紹是亞爾克八歲時的事。

場所是蘭古宅邸的中庭，是有著柔和陽光的春季早晨。

在身著蒼藍洋裝的美麗貴族千金面前，亞爾克記得自己只是呆呆地愣在原地。亞爾克也記得父親朝自己那個連招呼都忘記打、只是忘我地看著大小姐身影的兒子的腦門毫不留情地落下拳頭。

「大小姐，這是犬子亞爾克‧耶爾吉特。如您所見是一介粗人，我想他在很多地方上面都會有不到位的地方，不過還是請您盡情使喚。」

「請多指教，亞爾克。我是莫妮卡‧蘭古。」

莫妮卡‧蘭古真的是一名美麗少女。

亞麻色長髮又直又輕盈，肌膚雪白滑順，輕抹在臉頰上的微紅令人留下印象。看起來有些像是在作夢般的那對溼潤雙眸一凝視自己，亞爾克甚至產生心臟停止跳動的感覺。

然後——

「亞爾克，亞爾克，這樣如何呢？」

「大、大小姐⁉您的頭髮是……⁉」

「要學劍術的話它很礙事，所以我拜託婆婆把它剪掉了。」

「好……好可惜……⁉呃，請等一下，欸？劍術⁉」

「亞爾克，亞爾克，你還好吧？」

「非常抱歉，我沒事。只是感冒一直沒好這種程度的小事——」

「要好好休息唷？有沒有想吃的東西？」

「感激不盡……」

「亞爾克，亞爾克，當我的練習對象。」

「又來了嗎，會被令堂大人叱責的喔。您可是蘭古家的千金小姐，要表現的更賢淑才……」

「我想成為像父親那樣了不起的騎士唷。不光是花瓶或是虛有其表的那種有如洋娃娃般的騎士，而是具有實力的真貨。所以拜託了，好嘛？」

「……真拿您沒辦法呢。」

「亞爾克，亞爾克，過來這裡一下。」

「怎麼了，莫妮卡大小姐？欸，這是？」

「很合適呢。用的是縫製我的洋裝時多出來的布，不過我想這個顏色一定很適合亞爾克。雖然圍布這種程度的東西不能說是跟洋裝配成一對的衣物，不過如果不介意的話你可以收下嗎？」

…………

她是溫柔又沉穩，在某些地方上面卻又很粗心——明明是這樣，本性卻相當認真，一旦深信不移就會拚命向前衝，讓人實在無法放心的公主殿下。

在她身邊擔任隨從的這十年間，亞爾克極自然地產生如果是為了她自己就能放棄生命的想法——所以當她受王命而被提拔為〈勇者隊〉一員時，亞爾克當然也自願當了隨從兵。

這是戀情或是愛，還是更加不同的其他情感呢？

亞爾克自己也搞不太懂，搞不懂比較好吧。

即使那份情感是戀情或愛情，身分不同的自己跟她也永遠不可能共結連理。這份情感絕不可能開花結果，所以相對地如果能成為她心中難以忘卻的存在，那自己會很開心的……亞爾克在不知不覺間有了這種想法。

取回意識時——最初感受到的是困惑。

自己死掉了，他是這樣想的。如同文字所述，永遠不會醒地沉眠了。

「我是…………」

雖然心神混亂，亞爾克仍是下意識地試著望向自己的身體。

「——!?」

令人驚訝的是，沒有傷口。

腹部沒有開出大洞，應該被咬斷的右臂也還存在。

不但如此，連硬革鎧也是處於跟龍戰鬥前的狀態。宛如一切……跟龍的那場死鬥就像是夢境或是幻覺般地沒留下半點痕跡。

只有折斷的長劍，可以看見它就這樣掉在洞穴邊緣——告訴自己這件事無疑就是現實。

「怎麼會有……這種蠢事……」

亞爾克不由自主起身環視四周。

場所沒有改變，是那隻龍的住處——深深穿入岩山的洞窟。黃昏時分的慵懶光線從入口射入，可以明白從失去意識前算起至少過了半天左右。

「──欸？」

亞爾克在最後望向洞窟裡面──然後在這裡全身僵住。

因為有龍在。

不，不對。是有龍的屍骸。

那副巨軀趴伏在地，看起來一動也不動。牠的巨大鼻面雖然朝向亞爾克這邊，空氣卻沒有流動的樣子──沒有在呼吸的樣子。

「為……為什麼……？」

亞爾克咬住的地方剛好是要害？

如果是這樣的話，就只能說是奇蹟般的幸運──

「不過我的這副身體是……？」

完全沒留下傷口是怎麼一回事？

再次望向洞窟，四處都殘留著剛乾掉的血跡。那無疑是亞爾克流出的血吧。果然死鬥並不是作夢。亞爾克的右臂被吃掉，腹部被龍牙刺穿，那應該為致命傷才是。

然而……為何卻？

如果是高位神官運用的奇蹟或是魔導士的魔法，或許有可能做到這種奇蹟般的治療……但這個洞窟裡看起來沒有神官也沒有魔導士。該不會是路過的某人治好亞爾克，而且沒留下隻字片語地離去——事情也不可能是這樣。

「該不會是——龍的魔法？不過這種事……」

據說龍會使用魔法，而且還是相當於高手級魔導士所使用的高度魔法。

雖然不太曉得那是何種魔法，不過那股力量就是凌駕於高位神官或是高手級魔導士的駭人事物……亞爾克曾如此耳聞。龍的那副巨軀本身就是威脅，同時也是凶器，再加上牠甚至具備魔法之力——因此才能成為最強魔物。

「不過龍也沒理由要治好我啊……呃，嗚哇!?」

亞爾克之所以不由自主發出叫聲，是因為視野邊緣有東西在動的關係。

「欸？什、什麼？」

亞爾克慌張地望向那邊，那裡是龍的——屍骸。

以為死掉的龍動了，正確地說是牠的一部分動了。

是活過來了嗎，亞爾克如此尋思，然而——

「什麼……？」

屍骸依舊是屍骸。

剛才動的是——在動的只有極小的一部分，從那個長脖子一直到長角頭部的部位。手臂跟腳、還有尾巴跟其他地方都完全沒有動起來的樣子。而且從頸部到頭部那邊有某物從內側膨脹，一味扭曲蠕動著，這簡直像是——

「有……有什麼要……？」

看到發出啪啦聲響從脖子裂至頭部的光景——亞爾克不由自主地向後退好幾步。龍並沒有活過來，這不是龍在用自己的關節跟肌肉移動，而是有不同於其身體構造的「某物」——在牠的脖子附近動來動去。

「寄……寄生蟲⁉」

然後在下一個瞬間，龍的後腦杓有如爆裂似地**打開了**。

「——嗚⁉」

亞爾克不由自主作勢防禦。

然而——

「……呃，咦？」

拚命掙扎亂踢亂揮——被黑色長手套裹住的手臂與穿著長皮靴的腳以這種感覺來回揮動。頭好像是勾到了龍的頭蓋骨還是什麼東西而拔不出來……看起來似乎是這樣。

「人類……？」

自脖子下方看到的東西判斷，那似乎是人類的小孩。

手腳很纖細，整體很嬌小的那副軀體穿著某種藍色洋裝——

「……大小姐？」

亞爾克之所以不由自主地如此低喃，是因為那件洋裝跟他初次與莫妮卡・蘭古相遇時，她穿在身上的衣服一模一樣。

然而，如今在這裡的不可能是亞爾克所侍奉的姬騎士，更何況她也不可能從那種地方出現。話說回來，莫妮卡現在是二十三歲，她並沒有如此嬌小，這幾年胸部也有了令人吃驚的成長——

「呃，不是這樣！」

喝斥自己不由自主快要走入奇怪岔路的思緒後，亞爾克朝在龍屍骸上面掙扎的小孩——恐怕是少女的方向奔了過去。因為他覺得再這樣下去或許會窒息而死。

「喂，沒事吧？我現在就來救妳——」

如此說道後，亞爾克將手繞向少女的胴體向上一拉。

就在此時——

（——咦？沒有、溼溼的？）

明明是從龍的體內出現，那件洋裝卻一點也沒有溼掉。就算屍骸裡的血液循環已經停止，血液卻也不可能乾枯，少女埋在裡面，衣服卻完全沒溼，實在是不可思議。

話雖如此，現在也不是因為此事而困惑的時候。

「好，現在就拉妳出來——」

「——噗哈!?」

碰咚。

眼前爆散出火花。

少女猛然抬起身軀，亞爾克挨了她一記頭搥，身軀向後一仰。

「咕啊……啊……」

「好……好痛……」

兩人一邊按住額頭，一邊呻吟了一會兒。

然後——

「……欸？」

「……嗯？」

眼神交會。

紫色的——隱約讓人聯想到貓兒的圓滾滾雙眸不斷眨眼。

那是很漂亮，而且相當可愛的女孩。

年紀大約是十多歲吧。雖然無疑是一名美人，臉龐與身體還有每個地方都殘留著顯示還有成長空間的稚氣圓潤線條。

白皙臉頰看起來很柔軟，鼻子有著直挺鼻梁而且尖端微微向上揚，脣瓣薄薄的……雖然美麗，卻又奇妙的在一些地方上面有著有機可乘的感覺，這些事物化為嫵媚可愛的氛圍，就是這樣的面容。

那兩隻大眼睛如同前述是淡紫色。

有著大波浪的頭髮是豪華的黃金色。

（不是莫妮卡大小姐——呃，這是理所當然的事情就是了。）

順帶一提，莫妮卡的瞳色是琥珀色，髮色是亞麻色。

而且跟莫妮卡那對溫柔感覺又有些溼潤的雙眸不同，這名少女的雙眼奇妙地寄宿著強烈光芒，甚至有著挑釁感。

「請、請問——」

亞爾克低垂雙眼，一邊朝少女搭話。

少女的服裝跟莫妮卡昔日穿的衣服非常相似……然而仔細一看，在細部上卻有著種種相異處。

最大的不同就是上半身——莫妮卡在洋裝下面穿著覆蓋至脖子的暗色襯衣，但這名少女卻沒有這種衣物。她直接把洋裝穿在肌膚上面，因此只有遮掩至胸部附近，從肩膀至上臂，以及脖子還有其下方的鎖骨，甚至是胸部上半部都裸露在外面。

該怎麼說呢——這有一種只要稍微粗魯一點，胸部就會走光露出的危險感覺。

只不過這名少女的乳房感覺上還在成長中，因此也沒有特別煽動情欲的感覺就是

了。

（哎……跟大小姐的胸部相比，大部分女性都很小……呃，不對啦！）

亞爾克產生無禮聯想，同時因為自己大腿中間產生的不自然感而垂下視線。

（我、我在想什麼……!?）

男根勃起了。

這單純只是剛起床的那種晨勃狀態，還是瀕臨生命危機而打算留下子孫的本能，或許是因為見到眼前這名少女的白皙柔膚，或是想起莫妮卡那對豐滿胸部的關係呢……在這些事情上面連亞爾克自己也無法區別。

然而，他也不能一直從少女身上錯開視線。

「呃，沒、沒問題的——」

消下去，給我消下去！對自己的股間祈求數次後，亞爾克下定決心抬起臉龐——是在不知不覺間把臉湊過來的吧，亞爾克在雙方鼻尖快要互觸的距離與凝視這邊的少女四目相接。

「嗚哇!?」

亞爾克不由自主大叫，身軀向後一仰。

再次在近距離看到少女的面容後，她真的很可愛。

那對圓滾滾的紫眸，略為帶點波浪的金色長髮，還有頭髮中透出的藍色緞帶與黑色髮夾——以某種角為造型般描繪著螺旋的一對突起，是髮飾嗎？

「那、那個，等一下……妳是？」

「嗯嗯？這是什麼？」

少女——突然垂下眼簾，不，是壓低視線如此提問。

是因為亞爾克大大向後仰害的嗎，腰四周的防具錯開，感覺有些不自然地膨脹的褲子——亞爾克那個處於無法找理由開脫的狀況下的股間，漂亮地暴露在少女眼前。

「嗯嗯～？」

而且在男人的生理現象面前，少女不但沒有害怕，甚至還很好奇地伸出手觸碰亞爾克勃起的男性本身，沒表現任何躊躇或是猶豫——雖然隔著布料就是了。

「等一……妳在，做什麼……!?」

「它膨脹了耶，這是什麼？」

她一邊說——一邊又是用指尖輕戳，又是用掌心輕撫，最後還纏上手指試著整根握住。

天真無邪，這樣說雖然好聽……實際上該怎麼說才好，少女的行徑可說是毫不客氣又旁若無人，連半點害羞的樣子都沒有。

再怎麼說，少女的年紀看起來就算有一些關於性方面的知識也不奇怪，是在養育過程中大大避開了這種事嗎？莫妮卡也有一點這種傾向，或許對深閨裡的千金小姐而言這並不足為奇。

「問我是什麼，那個，是、是男人的，重要之物。」

「好像腫起來了耶？怎麼了？會痛？」

「不，是不會痛啦……」

「──總覺得因為是第一次的關係吶？」

少女抬起臉龐，再次由下而上地望向亞爾克的臉，一邊如此說道。

對坐著的亞爾克來說，少女呈現雙手觸地彎下腰般的姿勢──現在她抬起了臉龐，因此從衣服邊緣可以極清楚地看見胸部隆起與其谷間。雖然沒有莫妮卡的那種成熟的尺寸，形狀姣好的兩顆乳房仍然低調卻確實地在那兒主張著它的存在。

「雖然一時出神，不過我覺得應該有好好地生效唷？魔法──」

「這個，呃，只是膨脹而已……欸？魔法？」

剛才這名少女說了什麼？

不，話說回來 這名少女究竟是何人？

被龍吞食的活祭品，因為某種理由沒被消化卡在喉嚨或是某處，然後因為龍被殺掉而奇蹟地逃出？亞爾克也有這種想法……不過再怎麼說，如果有能力割開龍的頭蓋骨之類的東西跑出來，一開始也不會輕易地被吃掉。

「哎，不過你還活著，就表示魔法有發揮效用呢。雖然我壓根兒就沒想到居然會『結合』就是了。」

「欸？『結合』是指……欸？」

「而且話說回來，我說你啊，就算再拚命，一般來說會咬住龍的脖子嗎？」

少女伸長身軀雙手扠腰——看起來有些自大又很了不起地如此說道。

她的模樣還很稚氣，因此看起來並不傲慢，甚至令人心生微笑……然而對亞爾克而言，心中並沒有餘裕去覺得少女的這種姿態很可愛而產生愛憐之意。

「欸？妳說龍的——」

「基本上所謂的龍啊，是單方面吞食的那一邊，可不是被吃的那一邊喔。所以誰也不知道事情會變成這樣。雙方同時吞食彼此又被彼此吞食的話，魔法也會同時對你的身體產生效果吶？」

少女流暢地脫口說出異樣之事。

「……妳該不會是……」

「魔法似乎把你識別為我身體的一部分，發揮了作用呢。」

「……」

亞爾克茫然地凝視少女。

「……妳……妳是……妳、妳、妳該，該不會是，龍……嗎？」

「嗯？是呀。」

少女乾脆地承認，將雙手放上自己那顆覆蓋著金髮的頭部。那邊如同前述，有著看起來像是以角為造型的髮飾——

「你看你看，是角～」

「呃，那個，該不會是直接從頭上長出來的吧⁉」

「嗯，是沒錯啊？」

少女若無其事地說道。

而且——少女用指尖一壓，那對有如描繪著螺旋般扭曲的角就一邊散發淡淡光芒，一邊咻咻咻地消失在頭髮之間。就角度而論，不管怎麼思考都不可能「隱藏在頭髮之間」。這種消失方式如果不是魔術之類的花招，就只能認為角貫穿頭蓋骨刺進腦部了——

「……嘿咻。」

少女發出有些傻氣的吆喝聲，再次用指尖有如捏住般，從自己的頭裡面拉出那對角。

「這……這是怎樣的原理啊……」

「因為我們的魔法基本上是『形態變化(shape change)』。不但可以變成自己想要的姿態，就算受傷也能用魔法變回原本的姿態。而且如果不是這樣的話，不可能存在明明有飛翼卻又有著手腳的怪異生物不是嗎？畢竟又不是蟲子。」

「…………」

站在被這種怪異生物解說的立場而論，亞爾克甚至不曉得該說些什麼才好。

然而試著一想……關於「龍」這種怪物，從以前目擊到的例子應該說是沒有統一性嗎，關於身形與尺寸的認知，會因地域或是時代的不同而出現顯著差異。

意思是這並不是因為人們的記憶或是紀錄很隨便——而是真的有可能各有不同嗎？

「話說，為什麼妳，會變成……這麼像人類的，模樣？」

雖然這肯定是用魔法變身的就是了……

「沒錯，就是這個，這個吶。說起來這邊就是重點喔。」

自稱是龍的少女戳指用力比向亞爾克，一邊如此說道。

「我的親戚因屍解而離世，所以我為了繼承他的地盤而來到這裡。結果才一過來就突然有人類拿著劍朝我這邊襲擊。是怎樣，我沒聽說人類有這麼凶暴耶？」

「……屍解？」

「哎，應該說是捨棄肉體前往其他世界嗎，用人類的風格來說就是死掉吶？雖然跟消滅不一樣就是了。因為零零零三號說他對現世感到厭倦了——」

「…………」

「所以，因為突然有人大吼襲擊而來，所以我也嚇了一大跳。我慌張地咬了一口——然後就被反咬了一口吶。」

「…………」

「是在說你喔，知道嗎？」

「啊……是的。對不起。」

被少女用纖纖玉指比著鼻尖，亞爾克不由自主地道歉。

「最後我在彼此都還活著的狀態下，不小心發動了身體變化魔法修復身體呢。」

有點失敗呢——有如這樣說般，少女的語調一派輕鬆。

「我也很慌張，沒細想就用了魔法。所以——是因為**分享了血肉**嗎，魔法把你誤認為我的一部分，連你都一起修復了。我這邊因為有著複雜神經通過的要害被咬裂，與其一點一點地復原，想說省事一點直接蛻皮比較好這樣。」

如此說道後，少女將手放到自己的胸口上。

「蛻皮？」

「雖然說是蛻皮，卻也不是只有把皮剝下來喔。聽說螯蝦之類的動物呀，會連內臟都一起變新。畢竟這樣比差勁的修復要快多了。」

總之就是在身體裡面先準備好內臟之類的「新軀體」，然後將腦部連上那邊，再分割「舊軀體」整個加以捨棄——事情似乎就是這樣。

「那個真的算是蛻皮嗎？」

「天曉得。所以嘛，蛻皮的過程中你的意識好像混了進來，所以——」

如此說道後，龍少女有如跳舞般在原地轉了一個圈子。

「身體就變成這樣了。」

話說回來，這名龍少女之所以用尾巴猛擊亞爾克最後還咬了過來，也是因為亞爾克突然在巢穴中出現而且還襲向她的關係。然後——

亞爾克的身體會再生，是因為雙方互相啃食彼此的身體，亞爾克又在最後被捲入龍的形態變化魔法。接著是——

亞爾克與龍用魔法連接在一起，結果龍仿照亞爾克在朦朧意識中用心思描繪出來的莫妮卡・蘭古的身影，也就是人類少女的造型再生了——她是這樣說的。

沒跟莫妮卡年幼時一模一樣，是因為這種模仿原本就很粗枝大葉之故，抑或是龍本來的性格影響了新軀體的形成呢？這些細節亞爾克自己也不明白就是了。

「意……意思是我害的嗎？」

「哎，感覺就是這樣。」

少女點點頭。

「……那個，總覺得妳好像勾到什麼東西在那邊掙扎是因為？」

「啊，人類不會蛻皮所以或許不懂，不過蛻皮還挺需要賭上性命的唷。似乎也有蝦子或是螃蟹蛻皮失敗而死掉呢。」

既然要捨棄舊身體「重新誕生」，似乎就會伴隨著相當於生產的風險。

「我才剛獨立沒多久，所以也是第一次蛻皮吶？真的是急壞了。」

「……呃，等一下？」

一邊因接連襲來的未知事項感到頭痛，亞爾克一邊舉起單手。

「妳不是原本棲息在這裡的龍？」

「不是唷。剛才說過了吧，是親戚。」

「……意思是說，妳沒吃過活祭品……像是吃人啦，或是要求村子送活祭品過來之類的事……」

「那是什麼？欸？去附近的村子拜託的話，就會給我嗎？活祭品？」

少女用著去附近討甜點般的輕鬆語氣說出這種事。

「因為零零零三號完全沒告訴我這種事就離開了吶。我是第一次擁有地盤唷。所謂的活祭品，也可以指定性別或是年齡之類的條件嗎？果然處女比較好吃嗎？」

「…………」

或許自己說了沒必要的事。

如此心想後亞爾克靜默了，然而——

「話說我搞不太懂這件事呢。龍吃人雖然是從以前持續至今的傳統……不過我沒怎麼吃過人唷？而且你的肉也不怎麼好吃吶。」

「既、既然要說這種話，就把手臂還來啊!?」

「已經還你了吧。」

這次少女一邊用指尖刺向亞爾克的胸口，一邊如此說道。

「要說這種事情的話，把我喉嚨的肉也還來呀？」

「這……」

亞爾克啞口無言。

雖然是龍魔法造就的事物，不過應該被吃掉的右臂完全沒有不自然的感覺。將一度遭到截斷的東西重新接好——如果是這樣的話，就算有感覺變遲鈍啦，有痛楚或麻痺感殘留啦，或是無法隨心所欲移動指尖這些不好的狀況也不足為奇，然而現在卻完全沒有這種情況。

完美到不能再完美地「還」了回來。

相反地，說到亞爾克能否歸還自己吃掉的龍喉嚨肉嘛，這點實在是做不到。

總之——

「妳……呃，有名字嗎？」

在這名少女面前，就種種意義而論都無法平靜下來。

是因為看起來明明是人類，說的種種事情卻又很異樣的關係吧。如果可以的話，得盡快用個體名字來認知這名少女才行，不然好像會很不妙。

「南方的零零零八號。」

「……啥？」

「是名字唷，我的。」

少女指著自己如此說道。

「一位數的號碼呀，表示是始祖四大龍王的直系唷。」

少女挺起可愛的胸膛如此說道。

「用人類的方式來說，就是公主殿下吧？」

「用編號來稱呼公主嗎……？」

或許身為不同的生物，感性不同是理所當然的事情吧。

「哎，如果覺得很難稱呼的話，那用薇歐菈・魯・格就行了。叫薇歐菈也行唷。」

「薇歐菈……」

亞爾克再次試著低喃這個名字。

「我的名字是，亞爾克——亞爾克・耶爾吉特。」

雖然報上姓名……亞爾克卻也產生自己究竟在幹麼的複雜情緒。

他們這些〈勇者隊〉的成員，本來是為了擊退襲擊村子吃人的龍而來的。

以斥候部隊之姿先本隊一步行動時，因走在腳下的山崖崩塌而滑落，與〈勇者隊〉眾人走散，陷入孤身一人與龍戰鬥的窘境。

然而，眼前的龍——薇歐菈卻還沒有吃過人類，也就是說她是「無罪」的龍。當然，這是在相信她所言的前提下就是了。

結果亞爾克被自己要過來殺掉的薇歐菈救了一命。哎，雖然在這之前將亞爾克逼入瀕死絕境的也是薇歐菈，不過再更之前突然斬向薇歐菈的也是亞爾克——

「話說回來吶，亞爾克？」

薇歐菈歪歪頭如此說道。

「你明明在說話，為什麼頭卻轉了過去呢？」

「還問我為什麼，妳的那個——」

薇歐菈穿著肌膚裸露度高的衣服，而且每個動作都莫名可愛，又在很多意義上毫無防備……因此亞爾克才湧現了不正當的心情。

「不過，為什麼股間的那個會腫起來呢？」

「呃，所以我說，那是……」

眼看亞爾克就要變成愈來愈無法找理由的狀態，所以他更加錯開視線。

「話說妳啊，薇歐菈，如果有身體變化的魔法，恢復成原本的龍形不就好了嗎？」

「哎，是這樣沒錯啦，不過這麼一來，或許你又會突然襲擊我不是嗎？」

「不，如果妳並沒有襲擊村莊吃人的話，那我這邊也沒理由跟妳戰鬥唷。」

「是嗎？」

薇歐菈歪歪頭。

氣派的金色長髮輕盈地搖動——那副模樣說真的也很惹人憐愛。

「哎，反正這副模樣也意外地方便行動呢。」

如此說道後，薇歐菈有如在做體操般移動身軀。她又是彎折又是扭轉身軀，把手臂跟腳抬上抬下——在洋裝下基本上也有穿著襯褲，所以就算她大開腿也看不見重要部位就是了。

即使如此，她果然還是毫不在意地擺出如果是莫妮卡絕對不會做的姿勢(pose)，因此年輕力壯的亞爾克有如要看穿那套服裝般情不自禁地想像了裸體。就結果而論——他只能錯開視線，事情便是如此。

（給我冷靜啊……）

亞爾克如此告誡自己。

（這傢伙原本是龍……是跟我互相廝殺過的龍。給我想起那副巨大剽悍又恐怖的模樣，那才是這傢伙的本性，不論現在多麼像是人類女孩……）

是只有外表相似的怪物，這一點亞爾克明白。

雖然心中明白——

「……總之不管怎樣……如果妳不是危險的龍……」

亞爾克得將這件事告知〈勇者隊〉諸位勇者才行。

就算進行無意義的戰鬥，也沒有人會得到好處。而且——

（要殺掉，或是跟這孩子戰鬥什麼的……）

如果可以的話，亞爾克想要避免這種狀況。

就算採取人形只是擬態，不過一試著對話後，應該說是很普通嗎，亞爾克完全沒感受到邪惡或是凶暴的氛圍。或許自己只是遭到欺騙，不過如果用不著戰鬥的話，這樣當然比較好。

如此思考後，亞爾克起身準備邁出步伐，就在此時——

「……!?」

世界傾斜了。

不，不對，傾斜的是亞爾克。視野有如出現貧血般漸漸變暗變窄。

「這是……怎樣……」

「嗯？你怎麼了？」

亞爾克癱坐在原地，薇歐菈再次湊向這邊。

她彎下身軀蹲到癱坐在地的亞爾克旁邊，探頭望向這兒，因此洋裝裙襬大大地分開，內褲——襯褲也因此映入眼簾。不過亞爾克果然還是沒閒功夫欣賞那副美景。

「頭……昏昏沉沉的……」

「啊啊，因為血不夠吧？」

薇歐菈若無其事地說道。

「畢竟你流了一大堆血呢。」

「以為是誰……害的……」

「應該說我們的魔法畢竟只是表面功夫嗎，它只是將『形狀復原』而已唷。應該說流掉的血不可能全部補回——還是沒辦法無中生有呢。我的身體比之前小了很多，所以沒產生貧血之類的問題，不過或許你就原料不足了呢。」

總而言之，龍魔法並不是「治癒」。

說到底只是還原形態——肉體的構造罷了。只是用形態變化魔法變回沒受傷的狀態，不在這之上也不在這之下。恐怕也只在維持肉體的前提下造出最低限度的血量吧。

「你讓股間的那東西膨脹了，所以送到頭部的血液才會變得不足吧？」

「…………」

被告知不可以勃起的話，就亞爾克的立場而論也不能再說什麼了。

「哎，慢慢來的話呢？」

薇歐菈如此說道。

「你已經不打算戰鬥了吧？我也是剛到新地盤，正閒得發慌呢。」

她說著這些話語，語調像是在提出「如果有空的話喝杯茶吧」的邀約似的，而且語氣果然還是很隨意——

「難得變成了這種感覺的身體，教教我它的使用方式吧？」

龍的化身如此說道。

●

回過神時——亞爾克被平放到了洞窟深處。

是從山裡的樹上採集而來的吧，不但一層又一層地疊放長著葉片的樹枝——還在上面鋪了好幾片芋頭或是某種植物的、相當平坦的大葉子。雖然稱不上鬆軟，卻也比直接躺在岩石表面要舒適好幾倍。打個比方來說，就是湊合的便利床鋪。

龍不可能在這種東西上面睡覺，因此這是薇歐菈為了亞爾克而特意準備的吧。

話說回來，薇歐菈現在採取的是人類形態，對她而言睡在岩石表面裸露的地上也會很難受嗎？

「…………」

他起身望向外面——也就是洞窟的入口處，那邊已經變暗了。

就算有燈火，在夜間的山裡走路實在是太危險了。比起龍或是夜行性野獸，有時候普通的石頭或樹根還比較容易奪去人命。

就算要回村子，也是明天的事了吧。

「啊，你醒了？」

薇歐菈從深處走向這邊。

她雙手各握著一根某種動物的烤肉——也就是所謂的帶骨烤肉。

「要吃嗎？你肚子餓了吧？畢竟就算是你，不吃也無法增加血量吧？」

「……啊……嗯嗯。」

被她這麼一說，肚子確實是餓扁了。

身體為了增加鮮血而正在拚命工作吧。

亞爾克眺望了一會遞向自己的肉——不過看到薇歐菈正在大塊朵頤後，他自己也咬了一口。雖然不知道是什麼的肉，不過應該也沒有毒吧。

肉……雖然味道很清淡，不過由於空腹之故，吃起來很美味。

「這個——是什麼的肉？是我沒吃過的味道呢。」

「我蛻下來的殼。」

薇歐菈如此回答後，亞爾克不由自主差點將吞下去的肉吐到她面前。

「妳……妳讓我吃了啥啊!?」

「欸？什麼？你生氣了？」

薇歐菈不可思議地歪歪頭。

再次回頭望向薇歐菈蛻下來的殼——那副巨大屍骸的方向後，上面確實有挖掉部分肉塊的痕跡。

「呃，意思是妳把自己的肉——自己的……」

定睛一看，薇歐菈正自行吃著自己以前的身體。

「虧……虧妳吃得下去呢。」

「為何這樣說？蛻皮後自己把空殼吃掉的生物很多唷？」

「是、是這樣子的嗎？」

「而且，亞爾克啊，你已經吃下了我的血肉唷，雖然只有一小口就是了。你好像也沒吃壞肚子，考慮到傻乎乎地將香菇或是野草之類的東西帶回來然後中毒的情況，我覺得吃這個比較安全唷？」

「這……是這樣子……的嗎？」

應該說極為錯亂或是奇詭呢——亞爾克之所以心生抗拒，是因為眼前的薇歐菈不是用龍肉，而是用「我蛻下來的空殼」來形容的關係吧。亞爾克產生自己簡直像是在吃人肉的感覺。

（薇歐菈雖然說自己沒吃過，不過肯定有龍吃過活祭品吧……意思是就龍的立場來說，吃下會講話的生物也不是什麼禁忌嗎……？）

愈是思考就愈是一頭霧水。

「比起漸漸腐敗，化為某人的血肉比較好吧。雖然腐爛後也會化為蟲子或植物的血肉，不過反正都是要被吃掉，被近似於自己的生物吃掉比較好吧？」

「…………」

「對了，亞爾克？」

薇歐菈再次坐到亞爾克面前如此說道。

「讓那邊膨脹的話，又會引發貧血而暈倒喔？」

「…………嗚！」

察覺自己的男性器官讓一部分褲子隆起後，亞爾克慌張地遮掩股間。

而另一方面，說到薇歐菈，她張開大腿盤坐在亞爾克面前。雖然基本上還是有穿著衣服，洋裝下面的襯褲卻一覽無遺，上半身的肌膚裸露度也很高，因此應該說是毫無防禦嗎——看起來簡直像是在勾引人似的。

「因、因為，妳的那個，模樣很不檢點……」

「不檢點？……啊啊，呃是怎麼說的呢？」

薇歐菈歪歪頭。

雖然是有如小鳥般，純潔無瑕的可愛動作，然而——

「記得人類跟兔子還有老鼠一樣，一整天一整年都可以發情是吧？」

啪——拍響手心後，她突然說出直接到不行的事情。

「妳說發情……」

「因為我做著人類雌性的打扮，所以亞爾克發情了嗎？」

「我、我說啊，那種，講法……」

「是嗎是嗎，發情了啊，這樣呀。」

薇歐菈咧嘴——浮現有些促狹般的笑容。

「明明是人類，卻以龍為對象發情了？」

「這、這個……」

「哎，畢竟所謂的模樣影響很大嘛。不論是自己或是對方。」

薇歐菈乾脆地變回認真表情如此說道。

「模樣？影響？」

「嗯——該怎麼說才好呢？」

薇歐菈一邊歪頭，一邊沉吟半晌。

「舉例來說，我現在表現出很像人類的姿態吧？所以我果然還是會受到人類的思考方式影響喔。說得好懂些，比方說四足獸基本上不會使用前腳——也就是手，所以不會產生用手才會產生的想法。像是不湊近自己的鼻子，而是用手的前端比向某人的做法牠們是不會做的。」

如此說道後，薇歐菈用指尖輕戳亞爾克的鼻子。

「不過現在我採取了人類的模樣，所以可以用手指著你。用手指輕戳後，你像是嚇到般的表情我也覺得很有趣。這種情感跟單純的喜怒哀樂又有些不同呢。」

「……………哎……是，這樣嗎？」

「而且我的情況不單單只是化為人類的姿態，還藉由魔法跟你聯繫在一起，所以受到的影響更大呢。因此我現在可是對種種事物感到困惑喔。」

「看、看不出來就是了。」

「哎，畢竟就龍來說我還是小姑娘就是了。」

薇歐菈指著自己如此說道。

「應該說經歷還很淺嗎……至今為止我也不曾與人類相處過，所以也有很多部分搞不太懂。雖然有從其他龍那邊聽到五花八門的事情做為知識就是了。所以我還挺——」

薇歐菈眯起雙眼，再次伸指比向亞爾克的股間——亞爾克闔起大腿用雙手遮掩的地方。

「應該說有趣還是開心，或是愉快呢，我對你的發情很感興趣唷。」

「這個，不過我——這、這是因為，妳呃，很像人類的關係。」

而且初次相遇時還穿著跟莫妮卡很像的衣服。

況且又是張開大腿坐著，又是將臉湊得亂近一把的。

「啊啊。因為化身為這副姿態時我跟你聯繫在一起，所以從你心靈深處的記憶中取出了可供參考的人類模樣喔。就是**外皮**之類的。」

薇歐菈拎起裙角，隱約有些得意地說道。

也就是說，薇歐菈對「衣服」跟外皮一視同仁——將它認知為自己身體的一部分嗎，所以形態變化魔法才會連服裝都修復了。

「對了，人類的交配似乎很獨特呢？」

薇歐菈如此說道——是想起了從某人那邊聽來的事情嗎，她感慨良多地望向另一邊。

「聽說會花很多時間仔細地做？畢竟大部分的野生動物好像都不會花太多時間呢，因為交配中還挺毫無防備的。」

「哎，是……嗎？」

特別是草食動物之類的，正在交配時如果被天敵狩獵性肉食獸襲擊的話會很致命吧。

危險。

就算是肉食獸也有爭地盤之類的事情要做，所以沒完沒了地長時間交配一樣很

先不論時間長短，能好整以暇地「享受」交配——也就是性交這件事，或許是發展出文明文化，建造出安全「城鎮或是村里」，而且還是在各自的「家裡」之類的地方，並且在那邊交配與繁殖的人類的特權吧。

「而且呀，聽說非常舒服呢？因為沒有發情期，所以人類不會就這樣直接交配，取而代之的是很舒服——因為太舒服，反而變得一整年都在交配。」

「…………是，這樣子的嗎？」

「呃，就算問我我也不知道啊。我可是聽的那一方。」

「哎，應該很舒服吧……大概。」

亞爾克雖是處男，不過嘛，自慰這種程度的經驗他當然有，所以與異性交合，以及隨之而來的大致上的快感種類他也可以推測出來。

「嚯？」

亞爾克面紅耳赤地錯開視線，薇歐菈眺望了他半晌。

「好，來交配吧。」

她用像是在說「總之先喝杯茶吧」的輕鬆語調做出宣言。

「……呃，喂！」

這個龍之化身突然講了什麼話啊。

「不過，你的交接器——性器感覺像是做好了萬全準備吧？」

「這、這個——」

「難得變成這副模樣才能『做到』這件事，所以我想體驗看看呢。」

薇歐菈的語調輕鬆無比。

而且她就這樣緩緩湊近，目不轉睛地探頭望向亞爾克微微抬起腰部的股間。

「讓我看看吧，你的雄性部位。」

薇歐菈再次由下而上地望向這邊如此說道。

果然還是用純潔無瑕，又天真無邪的表情。

（嗚…………！）

不妙，好可愛。本性明明是龍。

亞爾克感到胸口怦怦作響。

而且——

「不想，交配嗎？果然對象的本性如果是龍，會覺得很噁心？」

就薇歐菈的角度來說，她恐怕只是隨口問問吧。

然而她微微歪頭如此問道後，總覺得自己好像被可愛的人類女孩責備——不，亞爾克甚至開始覺得自己讓人類女孩傷心難過，所以產生了奇妙的罪惡感。

「討厭跟我交配嗎？」

「…………」

亞爾克猶豫半晌——然而他體內的雄性部分無疑對薇歐菈的那副姿態與動作感到興奮。他明白做為生物理所當然的衝動，想跟雌性交配讓對方懷孕的感覺在腹部底下——腰部深處捲動著。

因為曾一度窺視過死亡深淵，想留下自身子孫的本能更加低喃著，催促自己在眼前這個雌性的胎中注入精種。強烈地，強烈地，強烈地。

這也是平時不能對莫妮卡抱有邪惡心情、壓抑自己至今的反作用力使然嗎……亞爾克的自制心從四處出現龜裂。

「…………並不是……討厭……就是了。」

煩惱半晌後，亞爾克如此回答——薇歐菈咧嘴一笑。

「那就來做吧！」

●

龍的魔法是形態變化魔法。

它「能夠變成其他東西的模樣」，同時也能「變回自己原本的姿態」。

就是因為這樣，所以戰鬥受到的傷也能復原——不過當初亞爾克卻產生「連衣服都再生是為什麼呢」的想法。

龍——不只是龍，野獸是不穿衣服的。保護牠們身軀的是體毛，也是外皮。

所以薇歐菈也不是用魔法再生了亞爾克的「衣服」，而是將他穿在身上的衣物誤認為「體毛」或是「外皮」，所以龍魔法才復原了它們。

也就是說，薇歐菈打從最初就認為雙方都是赤身裸體。

「……那麼，總之要先怎麼做呢？」

坐在床上彼此面對面後——事到如今薇歐菈才如此詢問。她穿著衣服，看起來也沒打算要脫掉。

「妳、妳說要怎麼做……」

「你看嘛，當人的時間是亞爾克比較久吧？以一名前輩的身分教教我吧？」

「呃，我確實是當了二十年人類……」

說到同世代的異性，亞爾克心無旁騖一心一意只看著莫妮卡……所以他理所當然是個處男。思春期的性欲雖然能用鍛鍊身體的方式多少蒙混一下——然而不論怎麼說，他完全沒有女性經驗。

「我，我……那個，沒有交配的……經、經驗。」

「啊，是嗎？欸，我也是就是了。」

薇歐菈乾脆地說道。

「嗯，那這邊就麻煩人類的本能囉。」

「本能？」

「沒錯沒錯，就看亞爾克想做什麼，就照那樣去做就行了。」

「妳說照那樣……」

就算這樣講我也……

亞爾克煩惱了一會兒——

「…………呃，那就，先脫衣服。」

「衣服？欸？」

薇歐菈歪歪頭。

「…………啊啊，這個外皮？」

如此說道後，她捏起自己的衣服。因為捏起胸襟之故，有些嬌小卻形狀姣好的乳房——連位於中央的淡紅色乳頭都裸露而出。

亞爾克不由自主打算錯開視線——然而他只是錯開臉龐，視線又回到了薇歐菈的胸部上面。明明從現在起就要交合，因為這種小事動搖也無濟於事。甚至可以說要好好地看著它，然後平靜下來才行。

一邊在心中找著這種藉口，亞爾克一邊望向薇歐菈的乳房。

（好像很軟……）

好可愛，好想摸。想溫柔地將它納入手中緩緩揉捏。

這種心情湧現心頭。

「亞爾克也要脫掉那個吧？」

「啊……是……是這樣子，的吧。」

「那就──」

薇歐菈有如在思考某事似地歪頭。

其頭部的角，瞬間看起來發光了。

「嗚哇!?」

下個瞬間──亞爾克的衣服輕易消失。

亞爾克下意識地想要遮掩自己的股間，然而薇歐菈卻猛然探出身軀，好奇地眺望亞爾克勃起的男根。

「薇歐菈──」

她果然也是裸體──洋裝乾乾淨淨地消失了。現在別說是乳房，就連肚臍跟下方的女性器都完全裸露而出。沒有長陰毛，肉感圓潤卻也很可愛的縱型「唇瓣」就在那裡。

然而另一方面──不知為何黑色長手套跟長靴卻依然保持原狀。角與附屬在上面的頭部緞帶也一樣。

（啊啊，是嗎……）

薇歐菈本人只是為了交配——不，只是為了性交而消除好像會礙事的部分，也就是只消除了胴體部位的外皮，她的認知就是如此吧。

就理論而言不是不懂，但另一方面自己包含手套之類的東西在內卻被全部剝光

呈現全裸狀態，因此亞爾克開始隱約覺得不公平。

而且該怎麼說呢，薇歐菈依舊穿戴著手套與長靴也莫名地——

（應該說是變態……還是怎樣呢……）

不如說比起全部脫光，這樣感覺好像還比較下流。

「那麼——要怎麼做呢？」

如此說道後，薇歐菈簡直像是要接受亞爾克般張開雙手。

形狀姣好的胸部再次柔軟地搖晃。

雖然沒有莫妮卡那種程度的尺寸——也就是說並不是所謂的巨乳，卻是有如在

對亞爾克說「揉我」般，剛好可以一手掌握那種感覺的可愛乳房。

再加上雪白肌膚，乳頭也是讓人不由自主看到出神的漂亮淡紅色。它簡直像是

某種果實般，散發出讓人想要又舔又含——或是輕咬的甜美誘惑。

「…………」

亞爾克不由得咕嚕一聲吞了一口口水。

然而——

「亞爾克？」

薇歐菈歪頭問道。

再次將視線望向她的臉龐——然後亞爾克下定決心。

「來接……接吻（kiss）吧。」

「接吻？啊啊，是互咬嗎？就像最初做的那樣？」

「不對，那個不是這回事吧。」

嘴脣或舌頭被咬斷的話，那可受不了。

根據薇歐菈所言，她跟亞爾克總是藉由魔法聯繫在一起，就算多少受到一些傷應該也會立刻被修復才對——然而，即使如此，說到底也只是被修復而已，還是會痛。

「應該說是互相，呃，舔拭彼此的嘴巴，還有舌頭嗎？」

「試味道？」

「呃，妳說試味道——」

哎，或許也不是不能這樣說就是了。

「哎，算了。那就這樣做吧。」

如此說道後，薇歐菈探出身軀把臉湊向這邊。

那個姿勢簡直像是在聞這邊的氣味似地——

「呃……是這種，感覺。」

亞爾克小心翼翼地朝薇歐菈伸出手，將那副外表纖細的白皙身軀抱向自己。

「照你喜歡的去做」的這句話並非謊言嗎，薇歐菈瞬間不可思議地眨了幾下眼睛——然而她卻淡淡微笑，自己也主動伸出手臂緊緊擁住亞爾克。

「……像這樣？」

「嗯，把腳——張開。」

張開彼此的大腿，將對方的身體迎入股間。

亞爾克盤坐在床上，把她放到腳上後……她也一樣張開腿，接著有如要將它纏上亞爾克的胴體般，感覺就像緊緊抓住這邊似的。

彼此肌膚相親，感受到彼此的體溫。

薇歐菈的身體如同外表所見，柔軟又暖和，甚至到了讓人難以相信其本性是龍的地步。嬌小的她微微仰望這邊的動作真的很惹人憐愛，緊擁著她的亞爾克雙臂一緊。

彼此的吐息互觸也癢癢的——感覺很舒服。

（是嗎……是理所當然的，事情吶……）

薇歐菈也有體溫，薇歐菈也會呼吸，而且薇歐菈體內也有血液流動著。她也是活著的。互相擁抱，讓鼻息互觸令亞爾克再次體會到這件事。

「……薇歐菈。」

「嗯？什麼事？」

「把嘴脣，打開一點點。」

「像這樣？」

「然後，呃，閉上，眼睛。」

「嗯……」

薇歐菈溫順地聽了話。

亞爾克將脣疊上她果然也是淡紅色的——脣瓣。

因為明白薇歐菈不會拒絕，怯生生卻有些用力地，貪婪地吻上微溼的它。用嘴脣捏住對方的脣瓣，輕啄，然後——用舌頭舔拭。確認到薇歐菈沒有感到厭惡後，進一步試著將舌頭——鑽進對方的脣瓣之間。

「…………嗯嗯。」

薇歐菈用舌頭做出回應。在那瞬間，亞爾克思考了因為是龍的舌頭，所以前端是分岔的吧這種有些劃錯重點的事情……不過，就舌頭的觸感與亞爾克所知道的判斷，薇歐菈的那個跟普通人類並沒有絲毫不同。

舌頭跟舌頭互相纏綿。

就只是這樣而已，然而——亞爾克連接吻都是初次體驗，因此他極為興奮。

由於緊抱在一起的關係，勃起的男根也被自己的腹部跟薇歐菈的腹部夾在中間密實壓迫著——令人產生簡直像是已經插入的錯覺。當然，亞爾克這個處男並沒有將自己的那根傢伙實際放入女性膣內就是了。

真的放進去的話，會更加舒服嗎？

光是用嘴脣跟舌頭，亞爾克的男根就很興奮，斷斷續續地顫抖震動著，有如在說勃起吧，勃起吧，即使如此還是勃起不足似的。那股震動斷斷續續地送進淡淡的快感，不過如果放進薇歐菈體內的話一定會更加地——

「…………嗯。」

貪心地索求彼此的脣瓣一陣子後，移開臉龐。

接下來該怎麼做呢——亞爾克瞬間感到迷惘，然而這次薇歐菈連詢問都沒有就自動動了起來。

簡直像是撒嬌的貓兒似的，在互擁狀態下更加將身體蹭向這邊。

她的乳房被亞爾克的胸膛輕輕壓扁，改變形狀。她的乳頭就這樣跟亞爾克的互相摩擦——產生另一種快感。由於過度興奮之故，亞爾克全身變得非常敏感，不停從肌膚傳過來的許多刺激令他的意識呈現失控邊緣——

（哇啊……）

直到此時，亞爾克初次曉得男人也能用乳頭得到快感。

由於亞爾克很認真地把莫妮卡放在心上的關係，所以他自慰時通常都會伴隨著罪惡感。對亞爾克來說，那是「不得已而為之事」，與探尋快感的行為相去甚遠。幾乎在所有的情況下他都是草草摩擦男根射精，然後慌張地收拾善後。如同字面所述就只是處理掉性欲而已。

然而……如今。

「……舒服嗎？」

薇歐菈她——歪著頭如此問道。

簡直像是看透自己般的措辭，卻沒有居高臨下嘲笑處男的那種感覺，就只是帶著好奇心詢問——從她的表情跟語氣可以明白這件事。因此亞爾克也能夠率直地做出回應。

「很舒服……喔。」

「明明還沒交配的說，真神奇。」

「妳也……覺得舒服，嗎？」

「是怎樣呢。」

薇歐菈笑道。

「我是覺得很舒服，不過我跟你聯繫在一起，所以這個舒服的感覺說不定是屬於你的。」

「……欸？」

「好像亞爾克覺得舒服，我也會覺得舒服呢。」

薇歐菈如此說道。

「用魔法跟人類聯繫在一起，這種事我以前連想都沒想過，不過能一起變舒服很不錯呢。感覺像是可以分享快感似的。」

那副表情上完全沒有淫靡氛圍，然而這種毫不隱瞞的天真卻讓亞爾克感到無比耀眼。

明明曉得這名少女是龍——其體內明明蘊藏著只要有心就能隨時掐死亞爾克的力量，卻又讓人自然而然地產生不能丟下她不管，得好好保護她才行的心情。

這種心情跟對莫妮卡的那種感覺——只是一味敬愛莫妮卡就能到滿足的心情相比，感覺似乎有什麼地方不一樣。

「…………薇歐菈。」

「嗯，什麼事？」

「可以碰……那個……摸胸部嗎？」

「請隨意，我有這樣說過吧？」

如此說道後，薇歐菈從緊貼狀態微微拉開身軀。

在雙方都變得有些向後仰——腳卻還是纏住彼此身軀的姿勢下，亞爾克就這樣將手伸向薇歐菈可愛又美麗的乳房。最初像是輕輕用手抵住似的，接著一邊確認薇歐菈不會感到厭惡也不會痛，一邊開始緩緩揉捏。

「嗯……」

薇歐菈發出聲音。

「……會痛？」

「好癢。」

薇歐菈一邊笑一邊說道。會覺得她的微笑上有某種——彷彿是靦腆般的神色，是亞爾克想太多嗎？

「不過很舒服……喔。人類的身體……嗯……很有趣。」

從還會說出這些話判斷，薇歐菈似乎還遊刃有餘。

亞爾克用手指逗弄薇歐菈乳房正中間的淡紅色乳頭。是因為先前互擁、乳頭之間互相摩擦的關係嗎，那邊已經變硬，亞爾克的指頭傳來不同於揉捏乳房時的確切觸感。

「嗯……嗯嗯……？」

薇歐菈的聲音中夾雜著困惑般的聲響。

這該不會是因為薇歐菈也因為乳頭被玩弄所以有了快感吧？

如果是的話——

「薇歐菈。」

亞爾克鬆開腳，把薇歐菈推倒。

她沒有反抗地變成仰躺的姿勢，亞爾克朝這樣的她的胸部——朝尖尖挺立的乳頭緩緩吻上嘴唇，輕輕地含住。有如確認形狀般，用舌頭慢慢舔拭。

像是在描繪圓形般仔細地舔拭乳暈。

然後有些用力般——像是用舌尖輕彈乳頭似的。

「呼……嗯……」

這次薇歐菈明顯喘氣了。

（有快感了嗎……）

亞爾克產生奇妙的成就感，再次舔拭薇歐菈的乳頭。他用舌頭又是吸、又是滾動享受了一輪後——再次用手揉捏乳房，一邊又用指尖疼愛乳頭。

「嗯嗯……嗯嗯……那個，好舒服……」

是因為沒有人類的那種羞恥心嗎，薇歐菈率直地如此申告。

那副模樣看起來像是完全信任這邊似地惹人憐愛。

「嗯啊……總覺得……啊……啊……好厲害……呢……」

薇歐菈從喘息聲的空檔投來這種感想。

她扭動身軀，發出苦悶聲音。

「這麼地……舒服……嗯啊……！」

「是嗎，很舒服，是嗎？」

亞爾克一邊低喃——一邊察覺到自己的股間差不多也開始變難受了。

打從方才開始在疼愛乳房時，龜頭就已經摩擦到好幾次她的腹部，快感也傳向這邊。在那裡，連體溫都感受到的距離內有著少女嬌柔的身軀，亞爾克用男根前端一次又一次地感受著它。他的欲望之棒因期待而顫抖，頻頻傳來快感。

光是這樣就很舒服了。

如果現在把自己的亢奮男根插進薇歐菈的祕處，會變成怎樣呢？

好像會在那個瞬間射精。

早洩很丟臉——亞爾克也有這種程度的知識。

所以亞爾克並不打算立刻插入……然而。

「……亞爾克。」

薇歐菈忽然將單手輕輕放上亞爾克的胸膛，然後——

「嗚哇!?」

下個瞬間，這次換成她挺起身軀，用離譜的力量推倒他。看起來雖然只是用白皙又纖細的手抵住亞爾克的胸膛，他卻以躺姿被完全壓倒在床上。

「薇歐菈!?」

「抱歉，亞爾克，雖然說過可以隨你開心地去做，但這個實在是太舒服了。」

薇歐菈血氣上湧，面紅耳赤地如此說道。

「人類是什麼啊，也太舒服了吧。如果這樣還不是正式交配的話，真的交配起來會變成怎樣呢？」

「妳說變成怎——欸？那個……」

「欸，亞爾克，接下來讓我照自己喜歡的去做囉？」

推倒亞爾克後，薇歐菈如此說道騎到他身上。

龍少女將亞爾克堅挺勃起的男性自身墊在自己下面，一邊緩緩前後移動自己的身軀。她的祕處似乎已經充足溼潤，所以一邊發出溼答答的聲音，一邊用女性器與大腿壓迫亞爾克的男根，並開始愛撫它。

薇歐菈黏答答的愛液漸漸弄溼亞爾克男根的每一個角落。

龜頭跟肉柱都被柔軟的肉與黏液裹住，將無法言喻的舒暢感送進亞爾克體內。

明明只是互相摩擦彼此的性器，亞爾克這個處男就已經快要射精了。

「嗯……嗯嗯……」

薇歐菈一邊喘息，一邊熱心地用自己的女陰摩擦亞爾克的男根。

由於分泌了大量愛液之故，亞爾克的陰莖好像會一不小心就潛進去似地——然而。

「啊……」

事到如今，亞爾克的胸口深處湧現像是罪惡感般的情緒。

不是人類而是龍的少女，曾一度吞噬彼此血肉的敵人。

只是因為新奇有趣——就跟這種對象發生關係真的好嗎？

而且薇歐菈也一樣，因為新奇有趣就跟人類交合好嗎？之後不會感到後悔嗎——

「請等一下，等等啊，薇歐菈。」

亞爾克慌張地如此說道。

「抱歉，雖然現在才說已經太晚，不過這種事其實，呃……是跟喜歡的對象，一起做的事情。」

「……是嗎？」

薇歐菈用瞪大眼睛的吃驚表情停止動作。

「不喜歡彼此的人，那個，就算互相交配，人類也不會變舒服——我是這樣想的，大概啦。所以……」

「不過剛才很舒服唷？」

「啊，不，那是──哎，因為那個並不是交配本身。」

「是這樣子的啊？」

薇歐菈歪歪頭。

「嗯嗯，所以，今天就做到這裡為止……」

感覺薇歐菈似乎能夠理解自己所言，亞爾克一邊放鬆似地吐氣，一邊如此說道。

薇歐菈一邊跨坐在他身上，一邊眨著那對紫水晶般的眼瞳凝視亞爾克臉龐半晌，然而。

「嗯，我不要。」

然後如此說道。

「是嗎，妳不要啊，太好……欸？」

「我就是要交配！」

倒不如說薇歐菈堂堂正正地如此宣布，接著放倒身軀整個覆蓋在亞爾克身上，用自己的脣瓣再次疊上亞爾克的脣。

薇歐菈的脣瓣輕啄亞爾克的嘴脣，舌頭強硬地鑽進內部。

這簡直像是──薇歐菈正在侵犯亞爾克似的，某種像是錯亂般的快感竄上亞爾克的背脊。

「很舒服唷……亞爾克……好好吃……你的……唾液……」

貪婪地大肆渴求完亞爾克的嘴脣與舌頭後，薇歐菈一邊說出這種事，一邊再次用自己的女陰摩擦亞爾克的男根。愛液一次又一次地被塗抹至亞爾克腫脹的男根，噗滋、噗滋的淫蕩溼潤聲與快感同時爬上身。

「薇歐菈……薇歐菈，不行，不行的，我會去的，所以──」

「亞爾克也很舒服吧？就算隱瞞我也曉得唷？」

薇歐菈一邊坐在上面，一邊笑道。

沒錯，只要藉由魔法聯繫著，薇歐菈就會曉得亞爾克有多麼舒服──似乎就是如此。亞爾克這邊之所以不曉得，是因為魔法是以薇歐菈為主，或者只是因為亞爾克不習慣龍魔法呢？

「欸，亞爾克討厭薇歐菈嗎？」

「……欸？」

突然被問這種事令亞爾克狼狽不堪。

沒什麼喜歡還是討厭的，在半天前雙方還是互相廝殺的交情。

然而──

「薇歐菈不討厭亞爾克唷，所以就是喜歡呢。畢竟也變得這麼舒服。亞爾克如果也討厭薇歐菈的話，這個就不會腫成這樣吧？」

「這——」

亞爾克為之語塞。

彼此不是情投意合就無法變舒服，他是這樣告訴薇歐菈的。

而且是如此舒服，所以自己喜歡亞爾克——薇歐菈或許是這樣思考的。同時她也認為亞爾克很舒服，因此應該不討厭自己才對。

明明擁有一大堆奇妙的知識，這名龍少女的這種理論卻如同孩子般幼稚。或者說所謂的戀愛情感只有人類擁有也不一定。就是因為這樣，薇歐菈才無法分辨發情跟愛情還有戀慕之間的區別。沒伴隨著戀心與愛情的性愛也有快感——這件事她恐怕並不曉得。

「是不討厭啦，可是……」

「那就來做吧，交配。」

如此說道後——

「——嗯嗯！」

薇歐菈用右手壓住亞爾克的胸口，就這樣抬起腰部……從壓迫中得到解放後，亞爾克的男根猛然屹立。薇歐菈將自己的女陰抵住男根上面，用左手輕扶一邊將它——

「等一……薇歐菈，等等……」

「嗯嗯嗯!?」

插入了。

「嗚哇……好緊……?」

薇歐菈的膣內——狹窄得令人吃驚。

所以才會這樣吧，柔肉明明充分溼潤，卻依舊一次又一次地勾住亞爾克的龜頭。然而，多虧薇歐菈在上面的關係，她的柔肉不斷痙攣，在最後好好地將亞爾克的傢伙裡至根部，接受了它。

亞爾克的男根發出滋嚕聲響，漸漸貫穿薇歐菈恐怕還沒允許任何人進入過的體內。

光是這樣，亞爾克就快要射精了。

好舒服，跟自己握住感覺又有所不同。暖和又溼潤的女性內部沒有空隙，無一遺漏，整體蠕動收縮，刺激著亞爾克的男性器。就算不動都有如此程度，如果動的話會變成怎樣呢？

另一方面——

「呼……啊唔……啊……啊……好猛……」

薇歐菈一邊身軀顫抖，一邊吐露這種感想。

「肚子……滿滿的……總覺得……好幸福……？」

薇歐菈說出這種話會讓人誤解是吃飯中的臺詞。

然而，亞爾克很明白她的話語。對於身形嬌小有如孩子般的薇歐菈來說，亞爾克現在的腫大傢伙有些太大了嗎？或許薇歐菈心神混亂到把性交的滿足感與吃飽的滿足感搞混了的地步。

「薇歐菈，妳……妳沒事吧？」

處女會痛——就算是亞爾克這隻呆頭鵝也聽過這種事。

亞爾克當然不知道薇歐菈實際上是幾歲，又是度過了怎樣的半生，不過至少她是初次用這副姿態與人類交合的吧——

「我沒事，的喔……？好好地……進入了呢……亞爾克？」

薇歐菈鬆開臉頰——展露奇妙的和緩笑容。這就是陶醉在快感中的表情嗎？看樣子亞爾克的擔憂是白操這個心了。就算外表是纖細少女，本性仍是龍，是最強的怪物。就算對痛楚的耐受性在人類之上也不足為奇。

「只有剛開始時有一點，瞬間痛了一下……不過……現在……完全……應該說，相當地……只是進入而已就……如此地，啊、啊、啊！」

薇歐菈斷斷續續地對話，一邊苦悶地喘氣。

明明連動都還沒動的說——

「接下來要……呃……要進進，出出……呢……？」

如此說道後，薇歐菈在亞爾克身上開始動起腰部。

滋嚕，滋嚕，發出溼答答的聲音，溼滑的祕肉皺摺毫無空隙地摩擦龜頭與肉柱，將快感注入亞爾克的男根。

「嗚哇……」

亞爾克口中不由得發出喘息聲。

「欸嘿嘿……嗯啊……亞爾克……很，舒服……是吧？」

「啊……啊……很……很舒服……」

亞爾克如此回答一邊搖動腰部、一邊天真地如此詢問的龍少女。

這明明是處女跟處男初次進行的行為，薇歐菈卻在途中被快感俘虜，所以單方面地把這件事做了下去。

雖然擁有各種知識，身為龍的薇歐菈卻沒被人類的道德與常識束縛，所以她很貪心地渴求初次曉得的人類身體的快樂。

（……薇歐菈她……並不奇怪……）

一邊因為從股間那邊不停吹上來的快感而全身顫抖，亞爾克一邊在腦海一隅思考這種事。他想要肯定這種舒暢感，想更進一步用全身享受這種舒服的感覺。會這樣思考一定什麼錯都沒有——應該是這樣才對。

（……奇怪的……是我……嗎……）

就算在把事情想得太複雜的人類之中，亞爾克也是被更加麻煩的束縛給綁住的一個人。

亞爾克又深又強烈敬愛著莫妮卡·蘭古，另一方面自己卻又不可能與她結合，用帶有性愛的眼光看待她會讓他產生罪惡感，因此亞爾克會自己說服自己，說自己的情感跟這種獸欲是不一樣的。因為無法用男人的身分服侍她，才會想說至少要賭命當隨從兵試圖幫上她的忙。

然而，說不定這一切都只是藉口——

「舒服嗎?亞爾克，舒服嗎?」

「舒服，很舒服喔，薇歐菈。」

「我也很舒服……喔!」

薇歐菈用騎乘體位，更加激烈地搖動腰部。

在插入後亞爾克體內的快感就不斷高漲，有如要滿溢而出似的，然而就算是他也已經快到極限了。只要瞬間失去集中力，好像就會射出來。亞爾克拚命地將意識集中至男根的根部，不，是更深處的丹田試圖抑制射精，然而——

「抱歉，薇歐菈，要……要去了……!」

「欸?啊，嗯……是精種……呢……」

是因為興奮嗎，薇歐菈連耳根子都變紅，卻還是天真無邪地笑了。

「可以……的喔……射出來……在我裡面……把亞爾克的生命……『聯繫』射出來吧……？」

「薇歐菈，薇歐菈，來接吻——」

「……亞爾克。」

開心地笑著如此呼喚他的名字後，薇歐菈又倒下身軀疊上脣瓣。

在那個瞬間，是因為身高差異害的嗎，亞爾克的男根幾乎從薇歐菈的膣內拔出——然而從她狹窄的柔肉中拔出的那個瞬間，亞爾克的股間達到極限。

白色黏液猛然飛濺，從薇歐菈的臀部噴到背部弄髒她的身軀。

不斷抽動得到解放的男根顫動著，渴求著的快感碎片有些慢半拍地搖晃亞爾克的意識。

「～～～～！」

薇歐菈吞下亞爾克的喘息，亞爾克也嚥下她的喘息。

貪婪地渴求彼此的——青年與少女。

舒服地令人吃驚。

這是因為——薇歐菈是能夠自由變幻的龍嗎？是因為某處藉由魔法聯繫著的關係嗎？或是所謂的性交本來就是如此，不論跟誰做都是這麼地舒服呢？亞爾克並不明白，然而——

「……很舒服呢。」

薇歐菈一邊用臉頰磨蹭亞爾克的胸膛——一邊有如小貓般笑了。

第二章 勇者的真相

莫妮卡・蘭古是一個怪女孩。

靜靜坐著的話，其容貌感覺就像是文靜的貴族公主或是深閨的千金小姐——但她實際上相當活潑有朝氣。自幼她就主張自己將來要跟父親一樣成為騎士，所以拚命地努力學習武術跟馬術。

當然——亞爾克擔任她的隨從，所以也很常被迫陪她練習。

「……再比一次。」

「呃，已經休息了喔，大小姐。」

嘆了一口氣後，亞爾克如此說道。

在後院手持木劍，累積劍術修行是莫妮卡每天的例行公事。

莫妮卡的母親對女兒的這種「興趣」並沒有給予好臉色，所以不准她向正格的武藝者拜師學習，莫妮卡只好有樣學樣地揮著木劍……而擔任她的練習對象也是隨從亞爾克每天的例行公事。

「紮紮實實從亞爾克那邊拿到一勝後就休息。」

「已經從我這邊拿到好幾勝了不是嗎？」

「……總覺得亞爾克像是在放水呢。」

氣嘟嘟鼓起雙頰的莫妮卡很可愛。

雖然比自己年長，但總覺得這名大小姐很粗心，而且有時候會展現出莫名稚氣的一面，所以應該說無法移開視線嗎……亞爾克有時甚至會將她當成妹妹看待。

「……我明白了。」

「這次絕對要體無完膚地擊敗你喔！」

如此說道後，莫妮卡舉起木劍。

亞爾克也配合她的動作舉劍擺出架勢。

莫妮卡的擔憂其實猜中了。

跟她用劍對陣時，亞爾克一直放著水。雖然亞爾克也不是對自己的武藝特別有自信，不過在反射神經與臂力的層面上，亞爾克雖然較年幼，卻還是在莫妮卡之上。

（哎，總有一天會被超越就是了……）

那樣也不錯——亞爾克如此心想，甚至覺得就是應該如此才對。

「那麼，開始！行禮！」

在莫妮卡的號令下一起行禮後，雙方一邊舉劍擺出架勢，一邊緩緩測量彼此的間距。

有如描繪圓形般橫向移動，一邊找尋對手的破綻——

「——喝呀！」

就在亞爾克一如往常地移動時，莫妮卡突然丟來某物——應該說是把某物踢了過來。

「——!?」

察覺到那是她穿著的其中一隻靴子的瞬間，亞爾克幾乎是反射性地用木劍將它擊落。由於應對得很勉強之故，姿勢崩壞了。就在此時第二擊，應該說是第二隻靴子飛向這邊——

「嗚哇!?」

這隻靴子亞爾克也勉強閃過，卻因為此舉而使姿勢出現致命性的崩潰。莫妮卡在這個節骨眼上用木劍朝這邊釋出刺擊，亞爾克雖然彈開這一擊，卻就這樣一屁股跌坐在地。

「等一……大小姐!?」

再怎麼說，對騎士的劍術而言，這種「招式」也太邪門歪道了吧。亞爾克打算如此抱怨，然而莫妮卡卻順著突擊勁道就這樣撞向這邊——應該說她來不及剎車，所以亞爾克被她推倒了。

「贏了！」

莫妮卡面帶笑容地這樣說。

莫妮卡騎在亞爾克身上，用這種狀態有如在說「最後一擊！」似地高舉木劍。

「大小姐……」

「欸嘿嘿，是我贏了吧？」

「嗯嗯，是大小姐贏了，我輸了。當然，我可沒時間放水。」

「欸嘿嘿嘿嘿嘿嘿。」

莫妮卡很開心，然後又有些害羞地笑了。

接著——

「輸家要聽贏家吩咐一件事唷。」

一邊俯視仰躺著的亞爾克，莫妮卡一邊把木劍置於一旁說出這種話。

「是什麼事呢，這麼正式。我每次不是都有聽大小姐吩咐嗎？」

輸家要聽贏家吩咐一件事，就是這種約定。

當然，亞爾克不曾贏過——話說平常他都會放水將戰況拖至平手局面，所以亞爾克對莫妮卡做過的請求一隻手就數得出來。

「那麼亞爾克，聽聽我的願望。」

「是的大小姐，是什麼事呢？」

「我想要吃——」

靜靜瞇起眼睛後，莫妮卡簡直像是貓兒般的笑了。

那對眼瞳的色彩看起來好像有所改變，是眼睛的錯覺嗎——

「亞爾克呢。」

「——欸？」

「——嘿！」

如此說道後，莫妮卡朝不由自主撐起身子瞪圓雙眼的亞爾克——使出一記頭槌。

「嗚呀!?」

「給我乖乖的喔？」

莫妮卡一邊這樣說，一邊覆蓋至再次完全變成躺姿的亞爾克身上。

她有如在說自己要直接試吃般舔拭亞爾克的臉頰，然後用雙手壓住亞爾克的肩膀。不同於她嬌小的身形，這股力量很巨大。

「大、大、大小，姐……!?」

「欸嘿嘿嘿嘿嘿。」

莫妮卡就這樣毫不猶豫地將自己的唇瓣疊上亞爾克的嘴唇。

脣瓣壓向這邊，從中間滑出的舌頭割開亞爾克的脣，就這樣侵入內部。插入的舌連亞爾克的牙齒跟牙齦都仔細地舔拭，就像在說那邊也要試試味道似的，然後它又更加深入地進入內部。

「～～～～!?」

亞爾克心神大亂。

就算是奇怪的小姐，莫妮卡也不會做這種事。她不可能做這種事。應該說就他記得的判斷，當時應該沒有這種展開才對——

（所謂的吃有著性的含意……呃，不是這樣，這種事是不可能……啊，是夢嗎……！）

亞爾克在腦海一隅中產生自覺。

這是回憶的夢。細部看起來有些曖昧地溶解也是因為這樣嗎？

印象中……到自己被莫妮卡用像是犯規的手法打倒為止都還一樣，不過在那之後，莫妮卡要求的是「亞爾克要在晚餐時代替自己偷偷吃掉討厭的紅蘿蔔」這件事才對——

（等、等一……等一下……！）

莫妮卡坐在亞爾克身上的那個位置也無比巧妙。她被襯褲裹住的臀部與大腿壓迫著亞爾克的股間，如果沒意識到的話還沒什麼，不過一旦意識到此事，這個狀況果然還是會讓剛進入青春期的少年不由自主地感到興奮——

「不、不行。大小姐，請、請您退開——」

「嗯，不要。」

莫妮卡用笑容如此說道，用著好像在哪裡看過的語調與表情。

不但如此——

「亞爾克，亞爾克的生殖器變大了呢。它很腫呢，會很難受嗎？」

她開始說出這些話語。

（不、不對，大小姐是不會說出——這種話——）

「把這個，像這樣弄，會很舒服吧？」

莫妮卡一邊說，一邊前後扭動腰部。

明明是處女，腰部動作卻如此淫靡。亞爾克的衣服跟莫妮卡的襯褲，明明隔著布料，莫妮卡腰部搖晃的動作卻極誇張地刺激亞爾克的男性器。

而且——

「亞爾克，亞爾克，來做吧？」

「欸？呃，不行——」

亞爾克試圖反抗，然而莫妮卡的襯褲卻在不知不覺中——不，不但如此，連她穿在身上的衣服都消失了，而且連亞爾克的衣服也是，宛如**魔法**似的。

「放進去囉。」

「不、不行──」

亞爾克雖然這樣講，然而雙肩被壓住，又被對方騎在腰上，除了表示異議外他什麼都做不到。而莫妮卡看起來也是完全不聽亞爾克的意見。

噗滋一聲故意發出更大的聲音後──就像是在叫亞爾克聽清楚似地──被愛液弄得溼答答的女性器觸碰亞爾克的男性器，緩緩將腫脹的它吞入其中。那裡應該是處女才對，卻極柔軟又溫柔地裹住亞爾克硬邦邦勃起的男根。

「嗚哇……」

「嗯嗯……」

亞爾克不由得發出聲音，莫妮卡身軀一震。

是很舒服嗎，自己跟莫妮卡都是。

如此心想後亞爾克很開心，然而──

「不……不行，大小姐!!」

或許已經太遲了，但他還是非得這樣說不可。

然後──

…………

「大小……姐……？」

自己的這道聲音讓亞爾克清醒。

夢的——是回憶還是春夢之類的東西混合在一起讓人搞不太懂的情景，在眼皮睜開後急速退去，昏暗的洞窟風景湧上這邊。

沒錯，這裡不是蘭古宅邸的後院，而是薇歐菈這隻龍的住處。

接著是——

「……嗯嗯！」

洞穴裡響起可愛又莫名嬌豔的聲音。

亞爾克立刻將視線移向那邊，金髮又長著角的少女——薇歐菈的身影映入眼簾。她用著跟夢中的莫妮卡一樣的姿勢跨坐在亞爾克身上。

是有著某種堅持或是必然呢，角四周的髮飾跟手臂上的長手套果然還是維持著原狀。然而胴體部分一絲不掛又光溜溜的，可愛的乳房與肚臍，還有沒有完全變成蜂腰的腰圍，以及女性器都一覽無遺——

「薇……薇歐菈……!?嗯啊……」

「……啊……早呀……亞爾克……」

莫妮卡——不對是薇歐菈，她用自己下面的嘴巴含住亞爾克的傢伙，就這樣浮現天真無邪的微笑。

「啊……啊……妳在，幹什麼……」

一邊因為股間噴出的悅樂而不由自主粗了鼻息，亞爾克一邊如此問道。

「什麼幹什麼……就交配啊。」

薇歐菈略微停止動作如此說道。

就結果而論，這讓亞爾克腫脹的傢伙插得更加深入，薇歐菈發出短促的快樂呻吟。

「嗯啊……好舒服喔，亞爾克……」

「呃，我說妳啊，為什麼……」

在亞爾克睡覺時做出襲擊般的舉動。

「因為……」

薇歐菈雖然因為快感而皺眉，嘴角仍是浮現笑意說道：

「總覺得很舒服嘛……」

「這是理所當然的事吧。呃，不過……」

「亞爾克好像也很舒服啊……看著很愉悅。不對嗎，應該說是開心還是……雖然搞不太懂就是了。」

薇歐菈如此說道。

（妳說開心……）

被這麼一說後，亞爾克也有所察覺。

看著薇歐菈很舒服地得到滿足，就算對亞爾克而言確實也很開心。跟自己進行性行為讓她很舒服，總覺得這件事令人開心。雖然這無疑是從肉欲交合中產生的事物，不過跟單純的快樂又有一些不同——是悅樂。

（我……已經被這個龍的化身束縛了嗎？多麼地……好打發……）

只是肌膚相親一次——不，是兩次嗎——自己就已經無法憎恨薇歐菈這名龍少女了。明明是一度互相廝殺過的交情，像這樣真的好嗎？雖然自己心中也有這種感到困惑的部分，然而——

「亞爾克啊……嗯嗯！」

薇歐菈再次搖動腰部，一邊說道。

她的表情因快感而完全鬆弛，這樣也很可愛。

「總覺得……在交配時……男性器是叫做，小雞〇是嗎？嗯……嗯嗯……總覺得它膨脹了……所以我想說亞爾克……也想做這樣……」

「那、那個單純只是晨勃——嗚啊！」

快感不斷凝聚壓縮向上攀升。

「不、不行，薇歐菈。要、要出來了，已經要出來了——」

「……精種？可以……喔，射出來……」

薇歐菈更加激烈地搖動腰部，一邊說道。

有些嬌小的乳房，其乳頭配合那個動作震動的模樣無比煽情，亞爾克不由自主伸手抓住它。薇歐菈簡直像是預知他會這樣做似的，移開壓住右肩的手。

「咻咻地……咻咻地……射出來……把亞爾克暖呼呼的精種……精液……在薇歐菈裡面……滿滿地……啊，啊，那邊，好棒……」

乳頭被亞爾克的手指玩弄，薇歐菈的聲線又拉高一階。

同時，她的膣內也緊緊束住亞爾克的男根絞住它。

「啊——！」

忍不住了。

這也是因為剛起床還沒做好覺悟就被襲擊的關係，亞爾克既沒時間繃緊神經，也沒有餘裕壓抑住快感。他就這樣——在停止動作身軀顫抖的薇歐菈體內釋出大量精液。

「啊——啊啊……」

膣內被精液填滿的感覺令薇歐菈發出嬌喘聲。

「呼……啊……」

也達到高潮了吧，她發出嘆息般的聲音倒在亞爾克的胸膛上。

亞爾克一邊反射性地緊擁這樣的她——

（……我真的……很好對付吶……）

一邊下意識地思考這種事。

覺得薇歐菈很可愛、很惹人憐愛的自己是相當膚淺的存在——他漸漸產生這種想法。

到頭來只要能搞上床，不管是哪個女的可以嗎？自己對莫妮卡感受到的好感與忠誠心只不過是性欲的延長嗎？一邊說服自己她不可能跟自己結合——心裡某處卻又存在著如果有機會就想要上她的想法嗎？

這樣的自己甚至讓亞爾克——感到噁心。

然而……

「……亞爾克，不會，噁心唷。」

薇歐菈用一半像是在夢話的語調如此說道。

「欸……？」

發出聲音了？還是——

「…………」

薇歐菈似乎很滿足，雖然臉頰磨蹭亞爾克的胸膛，卻已經睡著了。

對她而言那是相當激烈的快感吧。即使是龍的化身，如今準備的實體身軀卻是少女之物，因此就體力而論或許跟人類相去不遠吧。

「薇歐菈……」

亞爾克一邊輕撫她那頭金色長髮，一邊略微起身。

他並沒有感到特別頭暈目眩。

恐怕自己可以毫無問題地起身步行吧。是因為從薇歐菈的「空殼」得到滋養，或者說這也是薇歐菈的魔法的延長，才一天多，亞爾克的身體就生產出大量血液，回到幾乎是最佳的狀態。

「……得回……村子才行。」

原本亞爾克就是為了討伐「掠奪人類將其吞食的惡龍」這個目的，才跟〈勇者隊〉一同前來此處。雖然途中發生意外，只有亞爾克與其他成員走散——不過〈勇者隊〉現在恐怕也正四處行動找尋龍的巢穴吧。

他們來到這裡的話，事情會變成怎樣呢？

當然，薇歐菈現在的模樣看起來實在不像是邪惡的龍，然而先不論是好是壞，天真無邪的她有可能會輕易暴露自己的真面目。如此一來，〈勇者隊〉就會盡全力對薇歐菈展開討伐吧。

這……果然不好。亞爾克覺得很不好。

因此得先前去村子那邊告知眾人「尋求活祭品的龍已經不在了」、「倒不如說現在的龍是可以講道理的對象」、「別不由分說地討伐，先談一談再說」才行。

這樣可以保護薇歐菈，而且應該也能守護同時也是〈勇者隊〉一員的莫妮卡才對。無意義地戰鬥，對誰都沒好處。

「…………」

薇歐菈正睡著，亞爾克將她的身軀從自己身上輕輕移下。

比想像的還要輕，甚至到了根本不覺得她的真面目其實是巨龍的地步。

用溫柔動作沒把她吵醒地放上樹葉床鋪後，亞爾克起身。

「啊，不過衣服……」

在不知不覺間消失了。

硬革鎧也一樣。再怎麼說，全裸回村子仍是令人裹足不前——

「…………欸？」

如此心想時，身體四處突然產生某種麻癢般的奇妙觸感——有如螢火般的淡淡光芒在亞爾克周圍繞來繞去。

「魔……魔法！」

下個瞬間，亞爾克的身軀被衣服以及硬革鎧裹住。

是薇歐菈的魔法。因為亞爾克與薇歐菈在魔法層面上「結合在一起」——因此她的魔法將亞爾克誤認為她的一部分。只要亞爾克強烈地祈求，似乎就能將那個魔法用在自己身上。說不定是因為薇歐菈現在正在睡覺沒有意識，魔法主導權才會落至亞爾克手中吧。

亞爾克慌張地回過頭，只見薇歐菈正在睡覺，角上微微發光。

果然是她的魔法。

「…………總覺得，很抱歉。」

關於擅自——連取得同意都沒有就使用她的魔法，亞爾克感到有點內疚，所以他道了歉。不過這個也是為了保護她——如此說服自己後，他放輕步伐離開洞穴。

●

村子因為久違的盛宴而熱鬧非凡。

〈勇者隊〉的造訪——被評價為強者集團的國王直屬部隊巡迴各地，四處摘除折磨民眾的災厄之芽的「救世」部隊的造訪，是鄉下村莊因邪龍威脅而苦惱不已時射進村裡的一絲光明。〈勇者隊〉的傳聞在王國四處流傳，暴露在種種危機下的邊境區域城鎮與村子那邊，也有很多人引頸期盼他們來訪。

這次〈勇者隊〉早早完成了龍的討伐，因此村民們都把他們當成「名不虛傳的強者們」殷勤款待。

「勇者大人！勇者大人！」

「也請看看這邊，勇者大人！」

「也讓我拜見一下您的尊顏，勇者大人！」

「勇者大人，萬歲！」

村人聚集在有著熊熊火堆燃燒的中央廣場，拿出各自的存糧款待〈勇者隊〉成員。這裡也排列著從每個家庭裡拿出的桌椅，上面擺放著女人們大顯身手做出來的餐點，以及男人們從櫥櫃深處取出的祕藏美酒。

騎士十五名、魔導士五名、神官五名、隨從兵戰士二十名——總計共四十五名的〈勇者隊〉在這個勸酒高歌的熱鬧氣氛中揮灑著笑容。

除了一人——姬騎士莫妮卡・蘭古以外。

「…………」

「勇者大人，勇者大人，請您好好享受！」

村裡的孩子們來到視線有些低垂的莫妮卡身邊如此說道。幾乎所有村民聚集在外表看起來很英勇壯碩的男性騎士身邊。相對的，是因為看起來很溫柔吧，孩子們則是聚到莫妮卡的身邊。

「謝謝，我很開心喔。」

如此說道後，莫妮卡裝出笑容，輕撫站在前面的少年的頭。

黑髮與黑瞳看起來有點像是亞爾克——想到這種事後，莫妮卡感到胸口深處更加堆積起某種沉重的感覺。

（亞爾克……）

〈勇者隊〉討伐了邪惡的龍，村子因此被喜悅籠罩著……然而莫妮卡卻知道這件事極其曖昧。

〈勇者隊〉的隊長約書亞．巴金將〈勇者隊〉分成負責當斥候的第一隊，以及主戰力的第二隊、第三隊，然後又讓第一隊先行。

第一隊是包含亞爾克．耶爾吉特在內的十名隨從兵戰士所組成，裡面沒有騎士或是魔導士跟神官。隨從兵們——說好聽一點是輕裝，其實與騎士相比裝備很貧弱，也沒有魔劍或是被祝聖過的名匠武器，因此不難想像一旦遇上龍就會立刻全滅——因此他們接獲一旦確認到龍的巢穴就立即返回的命令。

實際上，他們回來了。

除了因落石意外而走散的亞爾克．耶爾吉特以外。

（……之後過去的第二隊雖然說找到了龍的屍骸，可是……）

究竟那真的是龍的屍骸嗎？

如果是真的，那龍為什麼死掉了？

該不會是跟隊伍走散的亞爾克獨自打倒的？

就莫妮卡所知，亞爾克雖是一名優秀的劍士，但他的力量仍是在「普通人」範疇內。單憑一人之力討伐龍這種像是超人般的舉動，他不可能做得到。

而且既然如此——如果退一百步來說是他打倒龍的話，為什麼亞爾克沒回來呢？是以兩敗俱傷的形式身受重傷倒在半路上？然後第二隊沒能找到他嗎？

如果是這樣子的話——得去找他才行。

莫妮卡隸屬於第三隊，雖然她有向約書亞提出訴求，但他卻不允許這件事。本來隨從兵就不是貴族而是平民，因此對〈勇者隊〉來說就是用後即丟的棄子。如果「走散」的隨從兵沒回來，那肯定是因為害怕而脫逃了，去找這種膽小鬼只是浪費時間而已——約書亞如此斷定。

「……對不起，我要去……解個手（如廁）。」

對孩子們如此說道後，莫妮卡從宴會的圈子裡離去。

心情實在很沉重，無論如何都無法接受。

約書亞本來就是一個桀驁不馴、有些地方又極為隨便的男人——話說回來他能擔任〈勇者隊〉的隊長，也是因為巴金家族是王國屈指可數的大貴族，而他又是那邊的四少爺——卻也是初次強迫自己接受如此牽強的結論。

就算只有自己一人，莫妮卡果然還是想去搜索亞爾克。

直接找約書亞談判吧——莫妮卡朝村長的家前進。因為她看見約書亞在宴會途中跟村長一同離開的光景。

然後——

「…………」

莫妮卡進入村長家中。

約書亞跟村長在哪裡呢？

她豎起耳朵，朝傳來談話聲的方向前去——

「——如此一來，村子也可以平安十年了，真是感恩。」

「既然心存感激，就應該明白吧？」

「這個當然，讓全村一人不剩地加入王國國教成為信徒就行了吧？」

「嗯。只要成為信徒，下次危急時吾等也會前來拯救你們吧。」

「真是感恩，不過那個活祭品——」

「無需擔心。那些隨從兵本來就是馬前卒，也是棄子。大部分隨從兵都是騎士的所有物，所以只要**擁有者認同**，不論是用來當誘餌或是獻給龍當飼料，都不會有任何怨言的。」

這是約書亞跟——恐怕是村長的對話。

是雙方都有了一些酒意嗎？回想起對話的內容，聲音有點太大了些。然而他們簡直像是沒察覺到似地——

「如果只消耗一人就能讓三百個村民皈依國教，那這個交易就具有足夠的意義了。下次是十年後吧，到時候我方也會隨便挑個傢伙帶過來，所以——安排『意外』的手段就交給你了喔。」

「這是當然——」

…………莫妮卡沒聽到最後。

「隊長!?」

莫妮卡不由自主地踏進室內。

在那裡的是，容貌雖然非常端整——浮現在臉上的笑意就「正義騎士」而論過於桀驁不馴的〈勇者隊〉隊長，與用著有些卑微的笑容回應他的白髮白鬚瘦弱老人。

「莫妮卡‧蘭古?怎麼了，看妳臉色大變的樣子。」

約書亞皺眉如此說道。

「您方才所言屬實嗎!?把亞爾克，把他——當成活祭品!?」

「…………」

約書亞與村長面面相覷。

兩人用思索某事的表情沉默了半晌——

「這麼一說，莫妮卡‧蘭古，那個隨從兵是妳中意的人嗎?」

約書亞有如亡羊補牢般說著這種話，一邊露出狡獪笑容。

「我要說的不是什麼中意的人!不會明明沒打倒卻說打倒了龍……交出活祭品

把龍……!?」

據說龍本來就是具有知性的怪物。

因此，自古以來也傳說「交涉」是有效的。舉例來說，會有餘地締結只要答應十年內不襲擊村莊，就獻上一名活祭品之類的約定。

「就結果而言是同一件事。」

約書亞毫不在意地如此說道。

「想要正面討伐龍的話，我方〈勇者隊〉至少會出現十名以上的死傷者吧。如果僅僅交出一名活祭品就能打平這筆帳，那不做出這個選擇就只是愚蠢的行徑吧？甚至可以說很划算——」

「欺騙村民跟同隊的夥伴嗎!?您說這是聰明的抉擇嗎!?」

「不然是什麼？莫妮卡·蘭古。妳要說如果吾等老老實實地全員衝進龍的住所屠龍，然後讓託付給我的貴族子弟——妳也包含在內的騎士們出現好幾名死者就好了嗎？」

「我說，這個跟那個是兩回事。」

「這個村子本來就是這樣度過了好幾百年喔。」

約書亞望向村長那邊如此說道，村長也點頭同意這句話。

「聽說龍碰巧是一個『可以溝通』的傢伙吶。只要十年交出一人當活祭品，牠就不襲擊村莊——據說前人為了守護村莊，成功跟牠訂下了這個約定。」

「意思是說不襲擊村莊，跟守護村莊是同義嗎⁉」

「就是同義。龍是有地盤的，只要有一頭龍在那邊，附近就不會有其他龍或是魔物靠近。就算成功打倒了那頭龍，一旦有其他更貪心凶暴的龍來到，村子轉眼間就會被吃光全滅的。」

所以能訂下活祭品之約的龍還「好一些」——約書亞如此說道，然後村長也說了話。

就實際問題而論，龍並沒有被打倒，所以約定仍是生效狀態……不過村民已經近十年沒有直接看到棲息在森林深處的龍了。而且也沒有留下紀錄，在十年、二十年後還留下詳細紀錄的習慣。就算騙村民打倒了龍，只要在十年後當成「有新的龍過來了」，並且獻上新的活祭品，就能毫無問題地蒙混過關。

而且——這座村子與〈勇者隊〉締結了新契約，因此也沒必要再從自己人裡面挑出活祭品了。取而代之的是，全村要皈依〈勇者隊〉努力傳教的王國國教。不論信奉的神叫什麼名字，村民只要能得到現世的利益就夠了。然而……

「聽好了，莫妮卡・蘭古，吾等經營〈勇者隊〉，也有替王國國教傳教這層意義在裡面。這是國策，也是為了統治的崇高手段。」

約書亞滔滔不絕地如此說道。

的確，莫妮卡也知道〈勇者隊〉身負讓邊境地區城鎮與村莊皈依王國國教的任務。在邊境地區這邊，由於仍殘留著許多土著宗教信仰之故，王國國教的傳教活動進展得並不順利。換言之，總是孕育著邊境地區居民對王國治世的不滿加劇，最終引發暴動或是叛亂的可能性。

正是因為如此，才會組織〈勇者隊〉，並且派遣他們出去。

王國治世有多棒，加入王國體制下有多安穩——為了宣揚這些事，國家大肆發表了華麗的武勇傳說與〈勇者隊〉的存在。

像是擊潰山賊團啦，討伐了危險的怪物啦，或是擊退從鄰國入侵的敵兵——等等。

即使如此，莫妮卡仍是用「不論高舉正義大旗的背後有何盤算，只要實際上能盡可能地多拯救一名邊境居民就行了」的理由說服自己，所以才以〈勇者隊〉騎士之姿奮戰至今。她是這樣打算的，然而——

「如果妳也是〈勇者隊〉的一員，就懂事些吧。為了王國的安寧而把自己從小養大的一、兩名隨從兵當成活祭品獻出去，才是真正的貴族，真正的騎士喔。」

「…………」

「啊啊——是叫做啥名字呢，是亞爾克，亞爾克・耶爾吉特嗎？只要把那個小鬼，只要把一個人當成活祭品獻給龍，這座村莊就能安穩十年，而且所有人都會一起皈依國教。村子跟王國之間的羈絆會變得更強，在這十年後，不，百年之間這份安寧都會拯救數十、數百個村民吧。包括今後誕生於世的小孩子在內吶。」

「…………」

「這樣比信義還有效果，所謂的統治者就是這種事物唷。只是講漂亮的話是無濟於事的。有時也得自行請纓去做骯髒的工作。如果妳也是小貴族的話，不理解這種事就什麼角色都當不了喔。」

「…………」

「還是說怎樣？妳要說讓村民代替那個叫什麼亞爾克的小鬼當活祭品獻出去就好了？比起村民，那個叫做亞爾克的小鬼對妳而言更有價值？這種判斷方式也很過分吶。」

是感到莫妮卡心怯了吧，約書亞有如在說「就是這裡」似地如此問道。

「不、不是……這……這個……是……」

「懂事點吧，還是說怎樣？妳跟那個小鬼搞上了嗎？明明雙方的關係是貴族千金跟隨從兵？有男女關係？所以才做不出正經的判斷？真是的，女人就是這樣——」

「不是——」

由於過於動搖，莫妮卡說不出話。

只要保持冷靜，就能理解約書亞口中的事說起來根本就是詭辯吧，而且也有可能駁倒他。然而剛得知〈勇者隊〉真相而心神動搖的小姑娘，根本無法與事先料想會有這種事態、進而做出許多準備用來說服對方的約書亞針鋒相對。

「去找個地方冷靜一下吧，我以隊長之名下令。」

約書亞如此告知，就像在說談話到此結束似的。

●

「…………」

亞爾克用空洞眼神將視線發散至虛空中——一邊背對村莊走著路。

思緒紊亂，就算想在腦海中試著組合某些有意義的事，也會一個接著一個崩潰而變得搞不清楚狀況。

唯有一件事是明白的。

那就是——

「我…………」

他為了報告薇歐菈不是危險的龍而回歸——就在那時。

亞爾克偶然聽見村長跟〈勇者隊〉隊長約書亞．巴金的對話。

亞爾克從一開始就預定被當成活祭品，因此才做下安排，佯裝事故只讓他一人跟部隊走散。聽村長所言，恐怕除了亞爾克外，第一隊的隨從兵們都知道龍之洞窟在哪裡吧。

佯裝事故，從崖上推落亞爾克……企圖讓他滑落至那個洞窟的入口。像是在說「請慢用」似地遞出活祭品。

「我是……笨蛋……」

仔細想想，應該會覺得很奇怪才是。

亞爾克闖入洞窟後——為何將近兩天別說是第一隊的同伴，就連〈勇者隊〉的成員們也沒有前來呢？亞爾克與薇歐菈戰鬥時的吼聲應該有傳到洞窟外面，而且也有傳到在崖上的第一隊耳中才是。

然而，誰都沒有前來。

因為打從最初他們就不打算過來。

亞爾克被「出賣」了，以村民全部皈依國教做為交換。

其實只要稍加思考，應該就能明白的。

然而，亞爾克並沒有這樣做。因為莫妮卡也在〈勇者隊〉裡。因為有她在，所以亞爾克相信〈勇者隊〉。先不論是好是壞，對亞爾克而言〈勇者隊〉就只是莫妮卡・蘭古隸屬的部隊而已，並不具備在這之上的意義。因此，亞爾克對「他人的意圖」完全沒有興趣。

『無需擔心。那些隨從兵本來就是馬前卒，也是棄子。大部分隨從兵都是騎士的所有物，所以只要擁有者認同，不論是用來當誘餌或是獻給龍當飼料，都不會有任何怨言的。』

約書亞・巴金是這樣說的。

也就是說——莫妮卡嗎，莫妮卡「認同」嗎？

莫妮卡也贊成欺騙亞爾克將他當成活祭品，贊成將他用後即丟嗎？

「至少……如果大小姐親口……下令的話……我……」

如果莫妮卡要求亞爾克為自己而死，或許亞爾克會首肯也不一定。因為他原本就打算為了她而獻出生命，所以才成為〈勇者隊〉的隨從兵。

然而——

「我…………」

亞爾克沒辦法再聽下去，從村長家中離開了。

村裡的人幾乎都聚集在中央廣場愉快地開宴會，因此亞爾克得以不被任何人目擊地走出村外。

「…………」

走多遠了呢。

在森林裡獨自走著——

「——亞爾克。」

有聲音搭話。

抬起臉龐後，出現在那裡的是——

「——薇歐菈。」

是可愛的龍之化身。她跟最初見到的那時一樣，身穿跟莫妮卡曾經穿過的服飾很類似的藍色洋裝，臉上浮現不可思議的表情站在那兒。

「你怎麼了？」

「…………」

「你突然不見所以我嚇了一跳呢，這前方有人類的村子嗎？」

「……啊……嗯嗯。」

「你去了人類的村子嗎？啊，你想回去嗎？」

薇歐菈歪頭如此說道。

應該說是純潔無瑕毫無惡意的舉止，對如今的亞爾克而言卻是極其難受。

「欸，不過為什麼你又回來了？」

「…………」

「應該說，亞爾克，你走路搖搖晃晃的不是嗎？血又不夠了？」

「…………」

「哎呀，真是拿你沒轍吶。」

如此說道後，薇歐菈走向這邊拉起亞爾克的手。

「…………」

「好了，要回去囉。」

薇歐菈一邊拖著亞爾克一邊走路。她的力氣雖大，體形卻很嬌小，因此沒辦法背亞爾克或是用肩膀撐住他走路，無論如何都會變成拖著他的形式。

「回去……？回哪裡……？」

「我的巢穴。」

「…………」

沒錯，薇歐菈可以回去。有地方回去。

然而自己卻——

「……為什麼哭呢？」

耳中傳來薇歐菈的話語，裡面不知為何夾雜著嘆息聲。

她覺得自己在視野邊緣看到了不能無視的東西。

雖然立刻追了上去來到村外——但立刻就跟丟了。莫妮卡不知該如何是好。

「亞爾克……」

她覺得那是亞爾克。

其實那只是掠過視野邊緣的人影，而且還只是背影而已，因此如果有人問莫妮卡「真的是如此嗎？」的話，莫妮卡也會難以回答。然而莫妮卡覺得自己不會錯認在一起許多年，像是弟弟般的青年的。

如果亞爾克還活著，那就太幸運了。

然而，這同時也意味著他並未成為「活祭品」。視情況而論，邪龍應該也有可能攻擊村莊。

既然如此，就得確認才行。

雖然是這樣想的，但是——

「啊……」

一直延伸至村子附近的森林。

她看見兩道人影消失在那裡面。雖然因為踏入昏暗場所而無法清楚地確認其模樣，不過感覺上其中一人是亞爾克。

莫妮卡立刻打算從後方追上去——

「——!?」

人影的其中一方——如同少女般嬌小的那一方看起來回頭望向了這邊。

那張臉龐果然還是因為在陰影中所以看不清楚，然而莫妮卡卻認為在那正中間炯炯發光的紫色雙眸正瞪視自己這邊。

她不由自主停下腳步。

被對方震懾住了？不，這是——

（……我……正在……害怕……？）

自己在害怕什麼呢？

然而莫妮卡卻受到某種本能般的情感驅使，立刻將手伸向腰際的魔劍。

握住劍柄的手顫抖著，花了一段時間——莫妮卡才停住咔噠咔噠作響的它。

接著——

「——啊！」

再次抬起臉龐後，兩道人影已經不在那裡了。

「很沒精神呢。」

回到洞窟讓亞爾克坐到樹葉床鋪上面後，薇歐菈如此說道。

「………」

亞爾克依舊默不作聲，連一句話都不說。

是對這樣的他有何想法呢，薇歐菈坐到旁邊後，從隔壁探頭望向亞爾克。

可愛的龍化身目不轉睛地凝視這邊——這種狀態讓亞爾克心中湧現難以言喻的衝動。那不是憤怒也不是悲傷，兩者皆是大概也兩者皆非——這種亞爾克自己也不太明白的情感不斷膨脹。

「亞爾克？」

薇歐菈一邊歪頭，一邊將雙手伸向亞爾克的臉龐夾住他的臉頰。

在下一個瞬間，她的脣瓣與亞爾克的嘴脣互相疊合。

「薇歐菈——」

「有精神了？還是要交配？」

薇歐菈純潔地笑道。

然而，亞爾克卻只能垂下視線搖搖頭。

他現在實在是沒那個心情。他明白自己悲憤交集，心中捲動著一股連自己也搞不太懂的衝動。明明曉得薇歐菈是在體貼自己，卻有一種忍不住想將自身那股濁黑色衝動甩到她身上的感覺——

「…………？」

薇歐菈凝視了亞爾克半晌——

「…………亞爾克？」

那道聲音突然改變了。

「……!?」

他也覺得視野邊緣好像有某物發亮。

亞爾克反射性地抬起臉龐後，在那兒看見自己連想都沒有想過的薇歐菈的姿態。不，那個並不是薇歐菈——

「大……小姐…………？」

髮色是亞麻色，瞳色是琥珀色的。

更重要的是，那副身影擁有成人身高與成人般發育碩大的乳房，它就是莫妮卡現在的模樣。不，連穿在身上的事物都跟她在〈勇者隊〉裡佩帶的那套裝備一樣。

只有一點不同，可以從頭上的髮飾與附加在那邊的一對角得知那個不是莫妮卡而是薇歐菈。然而——

「亞爾克，你怎麼了呢？」

那個聲音，那個語調。

無庸置疑就是記憶中的莫妮卡本人——

「為什麼那麼悲傷呢？」

「……別這樣。」

亞爾克有如呻吟般如此說道。

「想要……玩弄我嗎？」

薇歐菈用魔法聯繫著自己跟亞爾克，而且連深層感覺都聯繫在一起——亞爾克覺得她說過這樣的話語。說起來她也提過之所以形成像是莫妮卡穿過的服飾並且穿在身上，也是因為那副姿態在亞爾克的記憶中留下強烈印象之故。

所以她刻意找尋亞爾克記憶中的莫妮卡現在的模樣，將它拉出來，就這樣直接模仿不是嗎？

然而，這是為了什麼？

「沒有這種事喔，亞爾克。」

薇歐菈，或是莫妮卡簡直像是看透內心似地如此說道。

不，不對。實際上就是被看透了吧。以魔法聯繫在一起的自己，是無法對薇歐菈有所隱瞞的，雖然不知道薇歐菈能將亞爾克的內心讀取得多詳細就是了——

「我只是想知道亞爾克為什麼心情變得如此哀傷而已。」

「………唔！」

或許薇歐菈真的是這樣想的。她絲毫無意要模仿莫妮卡藉此玩弄亞爾克，說不定是打算要安慰亞爾克吧。

然而——

「啊……啊……啊啊啊啊啊啊啊！」

拚命用理性遏止的激情滿溢而出。

亞爾克從口中迸射不成話語的叫聲，然後推倒薇歐菈——莫妮卡。

樹葉床鋪發出啪沙聲響，數枚被切碎的小葉片飛舞而起，然而薇歐菈——莫妮卡卻沒有作勢要抵抗。被推倒的她像是任憑處置般，甚至還展開雙臂用仰躺的姿勢倒下去。

不如說那副姿態看起來甚至像是要迎接亞爾克似地——

「………唔！」

亞爾克穿著的衣物瞬間爆散。

同時薇歐菈的，莫妮卡——身為騎士的服裝也消失了。

分量十足有如成熟水蜜桃般的大胸部，以及緊致腹部，還有身為女人的重要部位——只有裹著它們的白色內衣仍然殘留在那兒。

龍魔法連服裝都能視為外皮的一部分，自由自在地加以變化——亞爾克一時衝動地打算侵犯薇歐菈，礙事的騎士裝備就消失得一乾二淨。

然而，這也是表示薇歐菈並沒有拒絕。

如果她這個行使魔法的主體拒絕的話，恐怕不論亞爾克怎麼希望，衣服都不會消失吧。亞爾克明白此事，雖然明白——

「…………」

亞爾克以高跪姿靠向她後，跨到那對胸部上——然後將自己腫脹的男根抵到臉龐前方。

就算沒說「給我吸」，薇歐菈在眨了幾次眼睛後仍是微微點頭——張開那邊的唇瓣。亞爾克強硬地將男根塞進那張跟莫妮卡之物一模一樣的嘴裡。

「嗯呼……嗯……」

雖然以為會被牙齒咬，薇歐菈卻只是吃驚般地瞪大雙眼一瞬間，然後就積極地吞進亞爾克的欲望肉棒，直至喉嚨深處。

亞爾克就這樣用雙手扶住她的頭，自顧自地動起腰。

薇歐菈的牙齒、舌頭，還有口中的黏膜東一邊西一邊地碰到亞爾克的男根，給予它複雜的刺激感。

「嗚哇……」

好舒服。是因為憤怒與悲傷而情緒高昂吧，被舌頭來回舔拭的龜頭，以及被脣瓣愛撫的肉柱，還有碰到她下巴的陰囊，這一切都將征服感與粗暴的快感一同注入亞爾克體內。

「…………」

對於初次的口交行為，而且還是亞爾克自顧自地動著腰的單方面行為——薇歐菈卻完全沒表現出厭惡的樣子，而是愛憐地來回舔拭、輕咬亞爾克的男根。明明有如用來自慰的玩具般被亞爾克抓住頭部搖晃，卻沒做出半點拒絕的動作。

是因為本性果然是龍的關係嗎？是因為雖然模樣跟人類一模一樣，卻還是感受不到人類的那種痛楚與痛苦嗎？還是說——

「嗚……啊……啊啊……」

亞爾克自私地搖動腰部，壓住薇歐菈的頭發出苦悶喘息。

自己對莫妮卡應該一直抱持著類似於崇拜的情感，然而用灌注自身情欲的肉棒侵犯莫妮卡——侵犯模樣變得跟她一模一樣的龍少女，侵犯那張惹人憐愛的脣瓣真的好舒服。蠻橫地將龜頭前端塞進她的喉嚨深處，品嘗因痛苦而痙攣的那副身軀。

那是一種難以言喻的悖德感，也是征服感跟快感。

亞爾克扭動腰部了多久呢。

不久後快感纏上男根，漸漸集中至龜頭。

「嗯啊啊……」

某種事物湧現，亞爾克發出喘息聲，同時將大量精液釋放至薇歐菈的喉嚨深處。

「噗哈……」

就算是薇歐菈也難以將所有液體納入嘴中吧，她從亞爾克的男根上面移開嘴巴，持續有如喘氣般的呼吸。可以看見白色的白濁黏液從那張嘴巴裡溢出來的樣子，她似乎無法全部飲盡。

「……大小姐……」

亞爾克用射精後、看起來仍然沒有軟下的男根摩擦薇歐菈的臉龐。

將一部分精液抹到她的臉上，隨心所欲地弄髒那張漂亮的端整臉龐——這種行為讓亞爾克的背脊竄上一道帶著懼意的快感。

「……亞爾克？」

有著莫妮卡臉龐的龍少女用手指撈起沾到臉上的精液，甚至還很珍惜地舔拭，一邊朝這邊歪了歪頭，臉上露出純潔無瑕的表情——就像在說「已經可以了嗎？」似的。

當然還不可以。

覆蓋到薇歐菈身上後，亞爾克朝那對胸部——現在就算手掌握住，柔肉也會滿滿地從指縫溢出的豐滿乳房用力抓上去。亞爾克一邊用力用勁地盡情搓揉，一邊用嘴巴吻上乳頭。

薇歐菈的乳頭已經變得又硬又堅挺，可以明白她正在興奮。

「可惡……可惡……被做這種事……被做這種事會開心嗎……！這種事舒服嗎……!?」

「……很舒服，喔。」

薇歐菈用──簡直像是莫妮卡本尊般的溫柔語調，還有溫柔眼神說出這種話。

亞爾克在她的乳房，以及乳頭上用牙齒輕咬，來回舔拭，接著又將舌頭爬上鎖骨與脖子上。把自己的唾液抹上白皙肌膚，有著不同於用精液弄髒般的另一種悖德感──應該說是支配感才對。

「舒服嗎……！」

亞爾克咬上莫妮卡的──不，是薇歐菈的大乳房。

有如要撕咬似地用牙齒啃，咬下去，然後猛拉。如果能留下傷痕就好了，會弄傷就好了，因為如此一來她一定會體會自己的憤怒有多強，悲哀有多深吧。

體會的人是莫妮卡嗎？還是薇歐菈？

「被做這種事情，會覺得舒服嗎……！」

「啊唔!?」

亞爾克把牙齒咬上乳頭後，莫妮卡——薇歐菈發出聲音。

「可惡，妳這個——變態！」

如此說道後，亞爾克也咬上另一個乳頭，在上面留下齒印。

莫妮卡，薇歐菈明顯有快感。不論是哪一邊的乳頭都又硬又堅挺，有如在說「快點玩弄我，快點咬」似地等待著亞爾克的牙齒咬進肉裡。乳頭因咬嚙而凹陷後，亞爾克再次讓舌頭爬上去，莫妮卡的白皙身軀激烈地顫抖。

她正悅樂著，一邊被如此用力地啃咬乳頭。

「被做這種事還很享受嗎，變態！這麼喜歡被咬嗎!?」

亞爾克一邊哭泣一邊破口大罵。

然而——

「亞爾克……不覺得……舒服嗎？」

薇歐菈在紊亂的呼吸空檔中如此問道。

「亞爾克覺得舒服的話……那就……行了喔……？亞爾克舒服的話……開心的話……我也很開心……喔？」

薇歐菈用莫妮卡因快樂而赤紅鬆弛的臉龐說出這番話語。

美麗高貴的貴族千金，展現出宛如娼婦般的淫靡。嘴巴被男根侵犯，臉上被弄滿精液，最後連那對豐滿乳房都被足以留下痕跡地重重啃咬。

她說，這樣就行了，這樣很好，再多做一些。

亞爾克他——

「…………」

亞爾克暫時從薇歐菈的胸部上移開嘴巴。

他再次跨到她身上，一邊將硬硬地勃起、光是搖動就會噴出快感的男根用力抵住那對豐胸。就像要用龜頭摩擦她的乳頭，將自身精液也染進位於乳房下方的心臟似的。

薇歐菈她——

「……像這樣嗎？」

她微微歪頭，一邊用那對沉甸甸搖晃的大胸部夾住亞爾克的腫脹傢伙。

有如搖晃身體本身似地——她用到處都有齒印的整個乳房開始愛撫亞爾克的男性器。

用雙手抬起乳房，上下移動。

接著交互使用右邊的乳房跟左邊的乳房。

淫靡柔肉將汗水當成潤滑油，疼愛著亞爾克的男根。輕撫、裹住、摩擦。有如要疼愛到每一個角落似地扭曲成亞爾克性器的形狀，毫無空隙地——

「啊……啊……」

明明才剛剛射過。

亞爾克的男根跟龜頭別說是變遲鈍，甚至還產生出更加強烈的快感。

侵犯敬愛之人的——跟那個人一模一樣的女人的胸部。在那對美麗乳房上留下咬痕，要對方有如奴隸般一股腦地單方面服侍。亞爾克沉浸在絕對不會被允許，連妄想自己都不會原諒自己的悖德行為中，高聲發出喘息。

被汗水與精液弄溼的乳房，滋嚕滋嚕地疼愛亞爾克的男根。柔肉改變形狀，吸附在龜頭的帽簷下，然後摩擦，拉出精液絲線。不只是來自欲望肉棒的直白快感，這幅光景也給予亞爾克脫離常軌的悅樂。

「要……要去了……」

「嗯……去吧，亞爾克。」

如此溫柔低語的人是莫妮卡嗎，還是薇歐菈呢？

「把亞爾克的生命水滴，大量地噴在我身上……」

在下個瞬間，亞爾克將連他自己都大吃一驚的大量白濁汁液噴濺在美麗的貴族千金臉上。在鼻子、臉頰，以及嘴脣上沾上黏黏的精液——弄髒它們。然而莫妮卡果然還是沒表現出厭惡的樣子，甚至還愛憐地用手指刮起精液，用那對脣瓣啾嚕啾嚕地舔起它。

「好好吃……亞爾克的精液……」

薇歐菈用莫妮卡的面容——因悅樂而陶醉的貴族千金的臉龐如此說道。

駭人的淫靡度。

就是因為這樣嗎——明明射過了兩次精，亞爾克的男根仍立刻取回硬度。

還沒完，還侵犯得不夠。

某人在心底如此低喃。

接著——

「……腳……」

果然還是把腳張開吧——亞爾克如此命令前，仰躺著的薇歐菈就完全領會到似的，大大地張開她的大腿。

祕處裸露而出。是模仿莫妮卡到了何種地步呢？應該是薇歐菈之物的那邊卻長著淡淡的恥毛，可以看到分泌的愛液在毛的前端凝結成小小水珠。

「…………」

這就是莫妮卡的女陰嗎？

亞爾克吞了一口口水——然後連前戲都沒有地猛然刺進薇歐菈體內。

「嗯嗯……」

薇歐菈發出聲音。

這不是源自疼痛之物，恐怕是從快感中跑出來的聲音吧。

她的陰脣與膣內已經充分地溼潤，沒怎麼抵抗地就滋嚕一聲接受亞爾克的腫脹傢伙。不只如此，膣肉的內壁還微微蠕動，一邊扭動一邊將亞爾克那根有如要脹爆般勃起的肉棒吞入更深處。

「嗚啊……」

好舒服。

明明是如此地……霸王硬上弓般硬塞進去的行為。

男根已經射兩次精，明明應該變遲鈍地說。

愈是抽送腰部，舒服的快感就愈是堆疊累積。從腰部到腹部，從腹部到胸膛，從胸膛到頭部，舒服的感覺漸漸擴散，令全身起雞皮疙瘩。

「啊啊……啊啊……啊啊啊啊……」

亞爾克簡直像是自身變成少女似地發出尖細喘息聲，一邊連自己都阻止不了地持續動著腰。

「……亞爾克……」

薇歐菈用溼潤眼眸，莫妮卡的琥珀色眼瞳仰望亞爾克。

亞爾克再次將自己的嘴脣疊上那對脣瓣，塞入舌頭侵犯上面的嘴巴——卻還是感到有什麼不足。

還要，還要更加地——自己想怎麼做？

想對眼前這個女人做更多事，將肉欲狠狠甩向這個女人。

不過自己已經奪去那對脣瓣，亂揉胸部，互相摩擦彼此的性器了，還有更進一步的事情可以做嗎？

「……亞爾克……亞爾克……」

有如撒嬌般，有如討摸摸似的，薇歐菈用莫妮卡的聲音呼喚他的名字。

白皙喉嚨有如吞下口水般動了。

這看起來簡直像在誘惑似的，亞爾克情不自禁地咬上去。

就像野獸給獵物致命一擊似的。

「啊……亞爾克……！」

薇歐菈口中漏出像是悲鳴的聲音。

然而連這道聲音——都沒有厭惡的感覺。

不如說……

「咬吧……再多咬一些……可以的喔……可以的唷，亞爾克想這樣做的話……就咬吧，咬斷吧……？」

「…………！」

這句話不知為何，讓亞爾克心中的激昂情緒一口氣冷卻了。

不對。沒錯，自己是明白的。應該明白才對。

眼前這名女性不是莫妮卡——而是薇歐菈。

亞爾克被自己相信、敬愛的女性背叛，呈現半自暴自棄的狀態，而用整副身軀承受他的是——龍化身的少女。

「薇歐菈……」

「……亞爾克？」

亞爾克突然停止動作，薇歐菈不可思議地仰望他。

「抱歉……我……」

「是為什麼道歉呢？」

薇歐菈如此說道。

「我做了過分的事……」

「不要緊的唷，不會過分的。我有說過吧，畢竟亞爾克覺得舒服，我也會舒服的。因為亞爾克難過的話，我也會難過。亞爾克只要做自己想做的事就行了唷。」

「……薇歐菈。」

自己跟她用魔法聯繫在一起。

所以，薇歐菈可以大致瞭解亞爾克的內心，有時也會受到亞爾克的情感牽引吧。肌膚相親時，這種感應特別強烈。

「亞爾克就做自己想做的事吧？想侵犯我的話，要粗暴地對待我也行喔？像是用打的啦，咬的啦，捏之類的啦……都可以唷？」

如此說道後，薇歐菈忽然拉下眉尾。

「因為我……只是模仿人類的情感而已，其實並不是很明白。畢竟我是龍嘛。所以我不太懂亞爾克要怎麼做才會開心，怎樣才不會難過。」

「薇歐菈——」

「疼痛或是痛苦之類的我總是會有辦法忍受的，所以亞爾克就別在意，隨心所欲地侵犯我吧？你肯這樣做我也會很開心的。」

「不是，不是的，薇歐菈……」

亞爾克一邊緊擁薇歐菈一邊說道。

啊啊，這名少女是如此地堅強——

「我……覺得自己被大小姐背叛了，覺得被捨棄了，所以才遷怒於妳。妳沒有錯，妳明明完全——沒有錯的說。不如說很體貼我，刻意變成莫妮卡大小姐的模樣安慰我……」

自己接受了這個好意，撒嬌又任性地侵犯薇歐菈。

然而——

「抱歉呢，薇歐菈。我不是想跟化身為大小姐模樣的妳，而是想跟那個，之前的妳……做愛。」

「……龍形的那時嗎？」

亞爾克連忙搖頭。

「呃，不對，不是這樣的!?」

如果變回最初戰鬥時的模樣，就算亞爾克再行也沒轍吧。面對那副模樣的薇歐菈，果然不像是可以勃起的樣子。

話雖如此——

「用最初的，那個，交配時的——模樣。」

「那樣，可以嗎？」

「那樣，就可以。」

語畢，亞爾克跟薇歐菈接吻。

「變回來吧，薇歐菈。」

如此說道後，亞爾克把手放上她的胸部，然後是她的臉頰，接著從那邊向上滑，觸碰她頭上的角。

「……噫呀……？」

意想不到的是，薇歐菈發出高八度的聲音。

「——欸？」

「啊，那邊，呃，應該說使用魔法時如果被觸碰的話，會有一點敏感啦。」

不知為何，薇歐菈浮現靦腆表情如此說道。

「雖然說過隨你喜歡，不過那個，只有使用魔法的時候，如果你能不要碰它的話，呃，那就幫大忙，了呢。」

有些結結巴巴的薇歐菈——對亞爾克而言看起來相當可愛。

「明白了，我不碰。所以，變回來吧。」

「嗯——」

點點頭後，薇歐菈讓身為魔法核心的角微微發出光亮。才剛剛覺得有青白色的細閃電纏上她的角時，那副容顏的輪廓也急劇變緩——

「…………呃……嗚啊!?」

束住的感覺急速變緊。

亞爾克不由自主發出聲音——一邊理解了這件事。這是理所當然的事。薇歐菈從莫妮卡現在的模樣——從超過二十歲的成人女性的模樣，變回十多歲未成熟少女的姿態。當然，身體跟體重都會縮水，其結果就是膣內的周長也——

薇歐菈用變回紫色的眼眸仰望亞爾克。

「……亞爾克……」

金色長髮再次輕盈地擴散樹葉床鋪上，薇歐菈變回原本惹人憐愛的模樣。氣派的金髮跟看起來很強勢的那對紫眸都是薇歐菈的——只屬於薇歐菈的事物。

「薇歐菈，薇歐菈——」

有如囈語般呼喚龍化身的少女之名，亞爾克一邊重啟腰部的動作。

抽送，再抽送——每搖一次腰，愛液就會起泡發出滋嚕滋嚕的淫靡聲音。而這又提振了亞爾克的興奮感，助長其快感。

薇歐菈也有快感，正溼潤著。

她很明白「亞爾克也很舒服的話我會很高興」這句話的意義。能讓她感到悅樂，亞爾克率直地感到開心。

喜悅會連接上悅樂。

雖然不曉得這是因為自己跟她用魔法連接在一起的關係，還是說世間男女只要窮究彼此的愛，最後到達的境界便是這種事物就是了。

「嗯啊，啊，啊，啊，好舒服唷，亞爾克，亞爾克，更加地，更加啾啵啾啵的做吧……更深地，更多地，更加地——侵犯我……？」

「薇歐菈，薇歐菈。我也很舒服——不行，要去了……」

「可以的喔，來吧。在我裡面射得滿滿的吧？用亞爾克的精種……把我裡面填滿吧？」

薇歐菈稚氣的臉龐浮現慈愛笑容。

「我也，大概……有什麼東西要來了……總覺得……非常地……」

「薇歐菈……！」

亞爾克更加激烈地推送腰部。

將男根塞進最深處的那個瞬間，亞爾克解放了對自己要求的忍耐力。

亞爾克感到自己用了像是會發出噗咻聲響般的勁道，將自身精液注入薇歐菈體內，玷汙了她的腹內。

「薇歐菈——」

有如不讓快感逃走似的，亞爾克用力緊擁她，然後再次舔拭她的脖子。

曾被自己撕咬的地方——像是要治癒那邊似地不斷輕舔。

「呼……嗯啊……」

不如說在這個瞬間，薇歐菈更加激烈地身軀一震——亞爾克明白她也到達了高潮。

「呼啊……呼啊……」

亞爾克緊擁她的身軀，就這樣滾向一旁。

一邊用互相擁抱的橫躺姿勢面對面，亞爾克一邊再次望進她的紫色雙眸。

「……呼啊……呼啊……人類的身體，果然……太舒服了……」

薇歐菈滿足地露出微笑一邊說道。

「好像會上癮……」

「可以上癮喔。」

亞爾克說道。

「薇歐菈想要的話，不管幾次我都奉陪。」

「……亞爾克。」

薇歐菈再次發出撒嬌般的聲音，將身體蹭向這邊。

她有如小貓般用那對乳房還有臉頰，摩擦了亞爾克一會兒，然而——

「……呃，亞爾克又變大了……」

「啊，對、對不起。」

亞爾克察覺自己的男根在插入薇歐菈體內的狀態下，再次漸漸取回硬度。好可愛，好惹人愛憐。自己應該明白她原本應該是異形怪物才對，做為少女的形象畢竟只是用魔法製造的假象，然而薇歐菈卻是如此地——

「什麼『不管幾次我都奉陪』嘛。」

薇歐菈笑著說道。

「亞爾克才是不管幾次都想做吧。」

「嗯……」

亞爾克點點頭。

「可以再做，一次……嗎？」

他率直地試著拜託。

薇歐菈眨著眼凝視了半晌，然而——

「嗯，可以喔。」

如此說道後，她讓那對淡紅色脣瓣爬上亞爾克的喉嚨。

●

是因為做得很激烈吧，亞爾克達到第二次高潮後，就這樣睡著了。

「…………」

薇歐菈不斷改變角度頻頻凝視他的睡臉——卻忽然像是察覺到某事似地站起身軀走到洞窟外面。

每走一步，她的角就會顯示淡淡光輝，產生出來的衣服一一纏向那副身軀。走個五步，她就變成了身著藍色洋裝的極普通少女的模樣。當然，極普通的少女是不會用洋裝打扮在這種森林裡走路的。

「…………」

咚——被皮靴裹住的腳踹上地面隆起的老樹根。

下個瞬間，少女的身影跳躍出離譜距離——簡直像是飛行般在森林裡移動。她沒撞到長得很茂密的樹群枝幹，甚至幾乎沒碰觸到樹梢跟葉片，簡直就像存在本身就是某種幻影似地重複跳躍不斷前進。

不久後——

「……有了。」

忽然如此低喃後，薇歐菈在一棵樹上「著陸」。

她踹向樹幹抵消飛過來的勁道，接著咚的一聲降至真正的地面。

用手輕輕整理亂掉的頭髮後，她繞到樹幹後面——開口說了話。

「是來幹麼的？」

「——!?」

被搭話的對象愕然地回頭望向薇歐菈這邊。是由於頗為緊張吧，對方把手放在掛在腰際的長劍劍柄上。

「妳是……!?」

瞪圓雙眼如此問道的是，與亞爾克一同離開村子時看見的那名女騎士。

是他稱呼為「大小姐」的對象——莫妮卡．蘭古。

是深深刻劃在他心中的女性。

「亞爾克從你們那裡回來後，心情就很糟糕呢。」

「……妳果然是跟亞爾克……不，比起這種事，那個人果然是亞爾克吧!?亞爾克還活著吧⁉」

莫妮卡表情發光如此詢問。

這個讓薇歐菈覺得有些不有趣。

而且──

「擊斃龍了嗎？是他擊斃的？還是說──」

「龍沒有擊斃喔。」

薇歐菈如此說道。

「欸？那麼……話說妳是誰？在這種森林裡，為什麼像妳這樣的女孩會──而且為何跟亞爾克……」

「從現在起，亞爾克也已經不是妳認識的那個亞爾克了喔，大概啦。」

「──欸？」

莫妮卡瞪圓雙眼僵在原地。

她雖然有著少根筋般的部分，但直覺並不壞吧，至少能立刻做出薇歐菈口中之事並不只是信口開河或戲言這種程度的判斷。

「如果擔心村子被龍襲擊的話，已經不會再有這種事了，所以妳可以回去囉。還有呀，亞爾克就讓他自己靜一靜吧。因為他情緒真的很糟糕，或者應該說很難過呢。」

「…………亞爾克他嗎？可是──」

「別管了，回去吧。」

薇歐菈有如疊上話語般如此說道。

「因為他已經不是你們用後即丟的道具了。」

「──!?不、不是的，妳該不會……」

「別管了，給我回去。」

薇歐菈瞇起眼睛說道。

莫妮卡身軀顫抖，一邊向後退了一步。就算外表是孱弱少女，其真實身分卻是龍──這個事實化為眼睛看不見的力量，重重壓到莫妮卡身上了吧。

這麼一說，薇歐菈現在穿著的衣物很像莫妮卡年幼時穿過的洋裝──但是莫妮卡本人並未察覺此事。對她而言，那只是許多服飾裡的其中一套，所以是不會記得的吧。哎，這也是理所當然的事情。

因為有得替換，所以不是最重要的事物。

因為不是最重要的事物，所以不記得。因為不是最重要的事物，所以可以替換。

或許對她而言，亞爾克也……？

「……明白了，我會回去的。」

莫妮卡嘆了一口氣後如此說道。

「不過，拜託妳轉告亞爾克。雖然不曉得他是如何又是聽到了什麼事，但我——至少我不曾覺得他是用後即丟的道具。是真的。」

「……………」

「如果他對我心灰意冷的話，那也是沒辦法的事，但我——」

「明白了，我會轉告的。」

所以快給我回去——薇歐菈用像是在這樣講的不悅聲音說道。

「……………拜託了。」

如此說道後，莫妮卡低頭行禮，然後轉身走向村子的方向。

薇歐菈目送了那道身影半晌——

「——人類這種東西，真的很麻煩呢。」

自言自語地如此低喃後，她也開始走回亞爾克沉眠的洞窟。

第三章 龍姬的寵愛

纖細白皙的指尖握住——挺立的堅硬男根。

緩緩地，仔細地，一邊控制握住的力道一邊上下運動。

「嗯……」

緩緩攀升的快感讓亞爾克微微點頭。

「嗯……這種……感覺……」

「是嗎……」

薇歐菈呈現四肢伏地的狀態，亞爾克則是盤坐著。微微一笑後，她心無旁騖地愛撫亞爾克的男根——然而，她忽然像是察覺到某事似地張開嘴，並且用那對唇瓣含入龜頭的部分。

「啊——薇歐菈？」

「…………」

唇瓣沒有移動，卻在口中將亞爾克那根腫脹傢伙的前端緩緩向上舔。

已經滲出前列腺液的那邊變得很敏感——亞爾克勉強忍住急遽升高的射精感。別說是摩擦一下，才舔一下就高潮果然還是很可悲——做為一個男人，亞爾克也有這種程度的矜持。

「不、不行，那樣，太刺激了——」

然而，是在方才那一舔中掌握到某種竅門了吧，薇歐菈暫時移開嘴巴，用舌頭前端仔仔細細地開始舔拭亞爾克的男根。那個舉止與其說是龍，不如說是在享受某種東西的犬貓般，有種奇妙的溫馨感。

「很舒服吧？」

薇歐菈停止舔拭如此說道。

「很棒吧？」

「是很棒……沒錯……」

「既然如此，這樣講不就好了。為什麼要我停止呢？」

「欸？啊……那是——」

「要去也行喔？亞爾克之前非常興奮不是嗎？」

薇歐菈說的是自己變成莫妮卡的模樣時，亞爾克侵犯她的事。

仔細想想，薇歐菈就是在當時學會用嘴巴疼愛男性器的方法吧。當初的她，說起來連如何交合都不太清楚，所以應該不可能知道口交這種本來跟交配毫無關係的方法才是。

「不過那個……只是我單方面……那個，變舒服而已……」

「我也很舒服唷？」

薇歐菈用驚訝表情如此說道。

在那瞬間，亞爾克覺得那是某種她體恤自己的說辭，然而——

「……記得是因為薇歐菈跟我聯繫在一起，所以薇歐菈也曉得我很舒服嗎？」

「嗯，雖然不是全部，但亞爾克覺得舒服的感覺也會傳到我這邊，所以就算只有舔你我也很舒服喔？」

「…………」

被可說是純潔無瑕的表情由下而上看著又說出這種話，就亞爾克的立場來說不可能不興奮。

「啊，亞爾克的性器一抽一抽的耶。」

「……唔，嗯。」

亞爾克與薇歐菈聯繫在一起。

就算不抱在一起，即使不插入性器，總之不曉得是心靈還是身體的某處還是會藉由魔法之力聯繫在一起。所以就算笨拙地隱藏起來，薇歐菈也會立刻明白。就連亞爾克多有快感，拚命忍耐快高潮的事情她都曉得。

而且先不論好壞，什麼人類男性的矜持，這種東西對薇歐菈來說是不太明白的感覺吧。所以既然很舒服，立刻高潮不就行了嗎？她感到很不可思議。

然而——

「該怎麼說呢……」

亞爾克一邊回想以前同樣是〈勇者隊〉隨從兵的同伴那邊聽來的話，一邊說道：

「在做的時候，如果盡可能忍耐的話，好像愈是忍耐，呃，就會愈舒服喔。」

「欸？是這樣子的嗎？」

薇歐菈眨著眼睛如此說道，總覺得她這樣極為可愛。

感覺很純真無邪，甚至到了不像是在談論性行為的地步。

然而，這樣的少女與亞爾克卻互相裸著身子，而且如今正打算交合——

「我……那個……想跟薇歐菈一起變得更舒服。」

「嗯，我也是。」

薇歐菈一邊跟亞爾克面對面地坐著，一邊點頭同意。

「至今為止也很舒服，不過如果能更舒服的話，我也想變成那樣呢。」

「薇歐菈……」

「最初邂逅亞爾克時雖然很糟糕，但如今我已經覺得那是一件很棒的事情囉。

我想都沒想過能夠跟某人一起變得這麼舒服。總覺得呀，這種事非常開心呢。」

「……是呢。」

亞爾克伸手緊擁薇歐菈的身體。

它纖細、而且柔軟到難以想像其本性是龍的地步。

「可以接吻嗎？」

「嗯，來做來做。」

薇歐菈用真的很開心的表情如此說道。

剛獨立自主的龍。

或許她之所以模仿殘留著許多稚氣的人類模樣別無他意，單單就只是表示她做為龍還只是少女的事實吧。

「…………」

亞爾克與薇歐菈互相疊合脣瓣。

最初只是疊合，接著——互相輕啄彼此的脣。

在那之後，雙方緩緩地——互相吸吮嘴脣，讓舌頭纏繞在一起。有些客氣、感覺像是在試探的接吻，漸漸變成動物性的互相索求。

舔拭，舔拭，咬嚙，舔拭。

纏繞，纏繞，然後是纏繞。

對單純的接吻感到厭倦後，依序輕舔臉頰、下巴、鼻子還有眼瞼。用脣加以輕啄，接著又新增耳朵、喉嚨、鎖骨等等用彼此脣瓣品嘗味道的場所。

「嗯啊……嗯嗯……亞爾克……」

「薇歐菈——」

薇歐菈一邊因快感而扭曲聲線，一邊有如撒嬌般呼喚自己的名字，這樣的她極其惹人憐愛。亞爾克將嘴脣的愛撫從薇歐菈的鎖骨移至乳房，然後又從乳房移至乳頭。

每移動至一個新位置，薇歐菈就會預期更大的悅樂而顫抖身軀——

「亞爾克……亞爾克……」

她如同囈語般一邊呼喚他的名字，一邊繞上手臂跟雙腿緊擁亞爾克，或是緊緊抓住他。

「薇歐菈，抱歉，把手臂放鬆。」

「……………」

雖然氣息紊亂，薇歐菈仍然很懂事地放鬆手腳，這樣的她真的很可愛。

所以亞爾克伸出右手，將手指輕輕放上薇歐菈的女陰。那裡已經因大量愛液而溼透——

「——噫呀!?」

光是輕輕一擦，薇歐菈就發出叫聲。

明明已經交合過數次，這種反應真的很清純。

（這隻可愛的生物是怎樣啊……！）

本性是龍這種事已經沒差了。

薇歐菈只要是薇歐菈就很可愛了——亞爾克想著這種事。

好可愛好可愛，想要緊緊抱住她，而且想要立刻將男根插入她體內激烈地扭動腰部，讓她更加更加地悅樂，想要更深更深地疼愛薇歐菈。

或許說連這種心情都能藉由若有似無的魔法聯繫傳到她心中，不過亞爾克已經不覺得害羞了。

「啊，啊啊，呀，啊，好……好舒服唷……！」

指技恐怕是因為經驗不足而顯得笨拙，即使如此，薇歐菈仍然扭動身軀，一跳一跳地在亞爾克身體下面苦悶地掙扎著。她有了快感。

這是開心的事。

自己的欲望，舒服的事情並不是什麼壞事——薇歐菈用全身告訴自己，用全身肯定這件事。

亞爾克對莫妮卡曾經抱持著——卻將其視為壞事而加以隱藏，硬是壓抑住的性欲恐怕也是如此吧。生物既然活著，當然會抱持這種欲求。人類為了做為人類活下來而製造出許多事物，然而人類做為生物也因此變得過於扭曲。人類無法認同這件事，連身為生物的欲求都當成「不好的事」或是「應該感到相當羞恥的事」而加以否定。

然而——

「薇歐菈……很可愛喔。薇歐菈真的很容易淫呢。」

「……嗯啊！」

亞爾克一邊輕咬她的耳朵一邊低喃後，薇歐菈的身軀激烈地彈跳。

手指已經淫透，試著壓向薇歐菈的性器後，手指噗滋一聲發出聲響，輕易滑進它的內部。薇歐菈的嬌喘變得更加激烈，相反地，亞爾克心中也有一部分產生出冷靜觀察她那種悅樂模樣的心態。

「這樣，舒服嗎？告訴我，薇歐菈。」

「嗯，嗯，很……舒服……！」

亞爾克一邊緩緩抽送手指一邊如此詢問後，薇歐菈在嬌喘聲的空檔如此回應。

還能再放一根進去嗎？亞爾克有些強硬地試著放了第二根進去。雖然打算萬一她會痛就立刻收手——然而薇歐菈的膣內雖然狹窄，卻分泌了足夠的舒服汁液，毫無困難地接受亞爾克的第二根手指。

然而——

「不、不要，亞爾克——」

「……？」

「手指，我不要。雖然舒服，可是不要。」

薇歐菈一邊喘息，一邊說出這種話。

「……因為……這樣下去……會只有我……去的……！」

「——欸？」

「不是一起去的話我不要，想要一起變舒服。一起去比較好唷，亞爾克。」

薇歐菈口中滾落囈語般的話語。

「薇歐菈——」

「放進來，吧。亞爾克的，亞爾克的比較好。」

如此說道後，薇歐菈伸手碰觸亞爾克完全腫脹的男根。

雖然勃起，不過由於亞爾克將腰部撐高的關係，它好像無事可做地在半空晃來晃去。被她用纖纖玉指抓住的瞬間，它將快感傳向亞爾克。

「嗚哇，薇歐菈，這個——」

「亞爾克也能變舒服，把亞爾克的——小◯雞，放進薇歐菈的，裡面吧……！一起，用薇歐菈，用薇歐菈的小◯妹變舒服嘛。不是一起的話人家不要啦……！」

薇歐菈眼瞳微溼，一邊如此訴說。

「…………」

真讓人受不了。

光是用看的，亞爾克好像就要早洩了——所以他用愛撫過的手指，自己因她的愛液而被充分弄溼的手指，抓住自己那根有如要脹爆般勃起的男性器，接著再次確認她的女陰位置，一邊插入。

途中滑了一下，光是這樣好像就要去了，但亞爾克仍強加忍耐，有如用龜頭將薇歐菈的陰脣左右分開似地將自身不斷送進深處。薇歐菈也用整個肉膣的內壁裹住亞爾克的欲望肉棒，不停將它拉至深處。

「啊啊……啊啊啊……好、好猛，喔，薇歐菈……！啊啊……！」

亞爾克也不由自主發出喘氣聲。

緊緊縮住的同時，薇歐菈的女性器也催促亞爾克的男性器快點射精，快點注滿精種，快點衝上快感的頂點。雖然想就這樣射精，亞爾克仍是忍了下來，暫時停止動作。

等待快感平息後，亞爾克抽出男根。

「亞爾克……？」

有如在說「怎麼了？」似的，薇歐菈用苦悶表情仰望亞爾克。

抱起這樣的她後——果然有種比看起來還輕的印象——亞爾克將她轉了一圈讓

她呈現趴姿。

「欸，什麼，亞爾克——」

「要一起舒服吧？」

「欸？啊，嗯——」

「既然如此，就不能只有我一個人去唷。無論聯繫得有多深。」

亞爾克一邊說，一邊用雙臂抬起薇歐菈的臀部。

背後體位比較容易控制自身的射精感——亞爾克以前也聽隨從兵男同伴吹噓過這種事。

「直到薇歐菈飛到舒服的頂點為止，我都會奉陪的。如果不小心射出來的話，我會努力再硬一次，不論幾次我都會加油的，所以——」

「亞爾克——」

「也讓我試試這種做法。」

如此說道後，亞爾克從後面——用侵犯般的姿勢將一度拔出的男根再次挺入薇歐菈體內。

「噫喔!?」

是因為初次嘗試這個體位的關係嗎，或者說亞爾克的傢伙抵達了最深處呢，薇歐菈發出悲鳴。然而，亞爾克明白她並沒有覺得疼痛或是難受，這也是用魔法聯繫在一起的效果嗎？

「薇歐菈——」

亞爾克抓住薇歐菈的屁股，開始緩緩抽送。

一插、再插、三插，明明只是前後移動腰部，明明只是單純的循環運動，卻有一種快感確實地向上堆疊的感覺。亞爾克剛才雖然說了大話，卻也覺得自己好像即將達到高潮。

（得一起去才行……）

亞爾克一邊如此思考，一邊略微放緩動作試圖控制快感。

就算很舒服，如果就這樣繼續扭腰的話，就無法跟薇歐菈一起去。這是亞爾克如此思考所做出的事，然而——

「噫呀，啊，什麼，什麼，亞爾克，好猛，好舒服……！小小的快感後面……又有大大的快感過來耶……！亞爾克，亞爾克，我——這個不行，會比亞爾克先去的，要去了，不行……」

薇歐菈如此訴說。

加上緩急後，薇歐菈似乎變得更能感受快感。

「可以的喔，薇歐菈。因為我也——好像馬上就要去了。」

「真的？好高興喔，亞爾克，一起——」

「嗯，一起去吧。」

從薇歐菈的屁股上面移開手後，亞爾克將雙手撐到她的腋下——將自己的身體倒向嬌小背部與其緊密貼住，一邊對可愛的耳朵輕聲低喃。

「一起，變舒服吧。」

「嗯……！」

重複腰部的動作，將彼此的快感推向高峰。

亞爾克挺進時，薇歐菈也會把腰部壓過來。亞爾克抽出去時，薇歐菈也會將腰向後縮。因為明白彼此的快感，所以明明緊貼在一起，卻能更強更久地感受突刺的快感。

亞爾克大大地將腰向後收後，薇歐菈的肉膣有如不讓他逃走似地縮緊。龜頭的帽簷在膣口那邊卡住，被留了下來，然後再次潛入其中。

就是這種周而復始，周而復始的不斷重複。

然而，只是做著單調的事，無論如何快感都會後繼無力。

有必要做出變化。

「…………」

亞爾克移開一隻手，搓揉薇歐菈可愛的胸部。用手摸索找到乳頭的位置，再用指腹輕輕摩擦後，亞爾克曉得那邊也變得又硬又堅挺了。

「亞、亞爾克，那邊，太舒服了，不行，變得什麼都無法思考了……！」

「不用思考也行喔。」

亞爾克一邊說，一邊也愛撫另一側的乳房。

她的胸部剛好可以一手掌握，卻又具備讓手指沉入其中的柔軟度。光是揉著揉著，對薇歐菈的愛情就隨之增加。想多揉一些，想多欺負一下乳頭，如果這樣會讓薇歐菈舒服到什麼都無法思考的地步，就要更加更多地——

「……嗯啊！」

薇歐菈越過肩膀回頭望向亞爾克。連亞爾克都明白那副表情雖然因快感而陶醉，卻也隱約有些苦悶。

有什麼想說的事嗎？有什麼想做的事——想讓自己去做的事嗎？

「薇歐菈……？」

亞爾克有如壓上她的背部似地湊近臉龐。

他將自己的胸膛與腹部貼上白皙滑順的背部與臀部。明明已經在用男根疼愛她的股間了，卻又這樣做增加身體的接觸面積後，亞爾克感到不同於純粹快感的某種悅樂感逐漸增加。

想要更加更深地合為一體。

亞爾克覺得薇歐菈一定也是這樣想的。

「妳想做什麼？想要我怎麼做？」

「亞爾克……」

亞爾克與薇歐菈越過肩膀接吻。

然後——

「…………」

薇歐菈的脣從亞爾克的嘴巴移至下巴，再從下巴滑至喉嚨。舌頭輕舔亞爾克的喉嚨。

這個動作——讓亞爾克自然而然地有所察覺。

「……可以喔。」

他在薇歐菈耳畔如此低喃。

「照薇歐菈喜歡的那樣去做。」

「…………」

薇歐菈一邊吐出炙熱氣息，一邊舔拭亞爾克的喉嚨，用脣瓣輕啄，然後——緩緩地，咬上亞爾克的喉嚨。

那是一種被稱為輕咬的溫柔咬法。與其說會痛，不如說感覺像是被用力捏住似地這個行為讓亞爾克產生某種——自己被強烈索求著的感覺，令他產生快感。

「很舒服喔，薇歐菈。再多咬——一些。」

「亞爾克……」

薇歐菈苦悶地呼喚他的名字。

亞爾克暫時從她體內拔出性器——將那副嬌小的白皙身軀又翻轉過來後，用正常體位的狀態再次插入。

「盡情地咬吧，我也會咬妳的。」

「啊啊——啊，啊，亞爾克——」

要互相輕咬的話，面對面比較好。

看著彼此的臉龐，看著彼此的身體，在喜歡的地方咬上一口。

此人為自己所有——將自己變舒服的證明刻劃在那邊。

「嗯……嗯嗯……」

「……嗯……嗯……」

仔細想想，亞爾克與薇歐菈的關係是「這樣」開始的。

咬嚙，被咬嚙，然後咬回去。

將彼此的身體納入自己體內，合而為一。一邊合而為一，一邊更加知悉彼此。

曉得怎麼做對方會開心，怎麼做會舒服，而知道這些事又能更進一步地合而為一，然後變得更開心。

一定沒有在這之上的理解。

「嗯嗯～～～～！」

薇歐菈一邊咬住亞爾克的肩膀，一邊吐露快感的嬌喘。

就算在彼此互咬之際，亞爾克仍然扭動腰部，讓男根在薇歐菈淫潤的女陰中進進出出。她的膣口仍然又小又緊，不過相當淫潤，因此不如說很好抽送。

進入深處，然後抽出。在完全抽出前，陰脣又會緊緊縮住亞爾克的龜頭，簡直像是在說不行、別走留下來似的。龜頭的帽簷勾住肉壁，從那邊再次進入薇歐菈體內。

周而復始地不斷重複。一邊發出淫答答的聲響，一邊聯繫亞爾克的男根與薇歐菈的女陰。持續確認聯繫在一起的事實。

自己與她正合而為一，每搖動一次腰部就會隨之增加的快感就是那個證明。

一邊感受薇歐菈腹部一跳一跳地震動——

「要去了嗎？薇歐菈？」

「嗯……要去了……要去了，亞爾克……已經……！」

「嗯，我也是……！」

有如在說「這就是最後一次」般，亞爾克特別緩慢，卻直入最深處地將自己的男根塞進薇歐菈膣內。

「啊……啊啊……啊啊啊啊啊啊啊啊啊啊啊……！」

薇歐菈倏地一震——一邊感受在自己身體下方的龍少女達到高潮，亞爾克也解放自身的忍耐，盡情將因快感而沸騰的精液釋放至她體內。

●

事情結束之後。

亞爾克與薇歐菈一邊相擁，一邊凝視彼此的臉龐。

「——亞爾克。」

薇歐菈閉上眼，微微張開脣瓣。

是要接吻嗎？亞爾克最初教的那個「閉上眼」的「接吻禮儀」——該怎麼說才好——她似乎忠實地遵守著。

「…………」

兩人再次脣瓣疊合，用嘴巴品嘗彼此。

滋嚕滋嚕地享受了一陣子彼此的脣後，亞爾克感到自己的男性器再次變硬。

「……要再做一次嗎？」

感到亞爾克的男根在自己跟他的腹部之間勃起後，薇歐菈如此詢問。

「稍微休息一下。頂薇歐菈的屁股時，也是忽快忽慢比較舒服吧？」

「啊，是嗎？也是呢！」

薇歐菈開心地點點頭。

真的很純潔，還是應該說可愛？

情感滿溢而出，亞爾克緊緊擁住她。

「……這麼一說，薇歐菈。」

「什麼？」

「薇歐菈……最初跟我聯繫時，是仿照我腦海中的大小姐的——莫妮卡大人的模樣化身成人形吧？」

「嗯，是吧。因為那個『大小姐』的模樣還挺清楚地殘留在亞爾克心中，所以我想說那就湊合著用吧，像是這種感覺——就是了。」

薇歐菈如此說道。

雖然極細微，她的語氣仍是帶有某種不滿情緒。亞爾克感到有些在意，然而——

「不過，話說回來妳真的有必要化為人形嗎？呃，薇歐菈能維持這副模樣，那個，我很開心就是了。」

如果被問到自己能否跟那個有著巨龍模樣的她性交——就算是亞爾克也沒自

信。

說起來薇歐菈如果沒化為人形，兩人也不會像這樣纏綿就是了。

「薇歐菈之前說過，這是為了不讓我再次襲擊……」

「啊……嗯。」

薇歐菈有些尷尬地點點頭。

呃，這個該不會是——

「那個，該怎麼說呢……是我們的……施加在我們身上的，詛咒，或許是如此吧。」

「——欸？」

「哎，該怎麼說呢，我們很強大吧？而且只要有那個心，大部分生物能做到的事我們都能模仿——」

薇歐菈唐突地說起這種事。

「萬一受了傷，也能立刻治好。」

「……這，哎，是沒錯。所以呢？」

「我們——被賜予了『能成為任何存在』的魔法之力喔。不過，這是為了什麼呢？我想說的就是這個。」

「什麼意思？」

「就算什麼都不做也能一直活下去喔，我們。只要有那個意思——舉例來說可以變成大樹之類的東西，只靠雨水跟陽光就能生存唷。」

「…………」

變成樹——就算是亞爾克也沒有這種念頭。

「就像之前在這裡的零零零三號一樣，最終他選擇捨棄肉體——或者說感覺像是變成像空氣一樣稀薄，遍布全世界似地……只要學會使用魔法，總有一天好像也做得到這種事喔。所以剛開始時，在還不太懂魔力用法的這段期間內，我隨意變了一個看起來好像很方便的身體。」

薇歐菈露出望向遠方某處的眼神如此說道。

「又硬又大又能在天上飛的那種身體。」

「啊啊……」

也就是說，亞爾克初次看見的薇歐菈的模樣。

銀藍色的——美麗卻也很恐怖的龍形。

「而那個形象感覺上與其說是我們自己思考後而決定的……不如說是天敵會覺得那副姿態『很可怕』，好像就是這樣。」

「天敵？龍有天敵嗎？」

「人類。」

薇歐菈乾脆地如此說道。

「欸？人類是——天敵？」

「沒錯沒錯，因為其他動物沒辦法殺掉龍吧？只有人類有屠龍的實績喔。」

「…………」

被她這麼一說，或許是這樣吧。

龍雖是極強大的最強魔物，卻也不是絕對的不死身。過去也曾留下數件包含魔導士在內的軍方大部隊打倒龍的紀錄。採用集團——以數量加以包圍，用計策束縛，以魔法弱化，再用長劍長槍給予致命一擊——方式的話，就算是龍也能殺掉。

然而……在這片大地上，只有人類能用這種方式吧。

「我……是薇歐菈的天敵……？」

「正確的說，是人類集團啦。」

薇歐菈一邊苦笑一邊說道。

「總之吶……」

薇歐菈一邊用臉頰磨蹭亞爾克的脖子，一邊說道。

「我們誕生後會保持一陣子亞爾克也見過的那種『好像很強』的模樣，不過那個也只是因為人類會害怕罷了，不是我們經過思考後自願變成的模樣喔。」

「……原來如此……」

「所以，我們……只有我們的話，應該說什麼都做不到嗎，會無法成為『任何一種存在』喔。總覺得呀，這種事讓我們很焦躁。」

「…………」

「所以像是強烈的心願啦，強烈的恐懼啦，還有強烈的——悅樂之類的事物。這種他人的欲求或是欲望既耀眼又讓我們羨慕，所以會不由自主地模仿，或者說是配合這種情緒……」

薇歐菈有些不好意思地說道。

剛才薇歐菈展現出來的那種，隱約感到困惑的模樣——應該說果然是羞恥心的顯現嗎，總之就是薇歐菈在害羞。

這樣也可愛到不行，亞爾克如此心想，然而——

「那麼……該不會，龍吃人也是如此？」

這種想法也掠過腦海。

龍因為其魔法，可以成為任何一種存在。

只要有心，不論用什麼當作食糧都能活下去。

然而為何——要刻意吞食身為天敵的人類呢？不如說既然人類是唯一的天敵，保持距離，不變成吃與被吃的關係比較好不是嗎？然而不這樣做是因為——

「……或許這種行為也是因為人類這一方是這樣想的吧。」

薇歐菈如此說道，就像要證實亞爾克的想像似的。

「雖然有著各自的理由，不過我們這邊也能感受到人類最害怕的死法……」

如果是這樣的話，薇歐菈她那個之前在這裡的親戚「南方零零零三號」——也就是威脅村子的「前任」或許也是……

（龍的存在方式……取決於，我們人類？）

先將刻意所為的情況放到一邊，因為人類如此希望，所以龍才會化身為那種形態，採取那種行為不是嗎？當然，亞爾克明白這像是在問先有雞還是先有蛋的問題，不過——

「之前我也說過，雖然是平手，不過與亞爾克的戰鬥實際上是我輸了呢。我雖然是偶然化為人形的，但就這個結果來說或許也因此被種種事物牽著走了。」

薇歐菈一邊用臉磨蹭亞爾克的鎖骨附近——這該不會是因為害羞而不敢看臉龐這一類的情況吧？——一邊用有些困惑的語調說道。

「總覺得那個，有了這種想法。對你——對亞爾克有了期望。」

「欸？期、期望什麼？」

「……雖然明白現在講這個已經太晚……不過是不希望你跟我以外的人交合啦，或是想要你眼中只有我一人啦之類的……非常像是人類的事情……」

「薇歐菈……」

啊啊，最初或許是模仿，然而。

即使已經順從肉欲肌膚相親了許多次。

這名龍少女仍然如此地——簡直像是人類少女似地戀慕著自己。

或許這對她而言是「初戀」也不一定，這樣想有點太自戀了吧？

「薇歐菈，我喜歡妳喔。」

「——欸？」

亞爾克輕聲低喃後，薇歐菈身軀倏地一震。

「喜歡？欸？啊，是嗎？是呢，是喜歡呢？」

薇歐菈困惑地如此說道。

對以前的薇歐菈來說，所謂的「喜歡」就是「討厭」——「有敵意」的相反，並不具備更進一步的意義。所以對薇歐菈而言，亞爾克的「告白」感覺相當為時已晚。而另一方面，她也察覺到喜歡的意義也不僅止於「討厭的相反」吧。

被人類主動表示好感這件事本身對薇歐菈來說——不，說不定對龍這個種族而言也是第一次的情況。

龍，至今為止再怎麼說，也只能做為人類單方面恐懼的對象並與人類建立關係——而且先不論好壞，他們就是會率直回應這種想法的生物吧。

然而……

「嗯，該怎麼說呢，我也覺得過於輕易就說出這種話有點那個就是了。」

明明才認識不到十天地說。

是因為度過的時間很濃密吧，亞爾克甚至覺得自己一直喜歡著這名少女，也重複累積了喜歡上她的時間。

因此——

「與其說是喜歡，那個，我說吶……」

「什麼？」

「我愛妳，薇歐菈。」

「…………」

在那瞬間，她驚訝地瞪大眼睛仰望亞爾克，然而。

「～～～～～～～～～～～～～～～～唔⁉」

她一邊從脣瓣漏出像是不成聲的悲鳴般的某種聲響，一邊再次將整張臉用力摩擦亞爾克的脖子。她一邊摩擦，一邊也緊緊抓住整個身體蹭了又蹭——然後漸漸移向上方。

「等一、好痛，好痛，角，妳的角！」

「啊，抱歉？」

薇歐菈慌張地移開臉龐後，兩人瞬間凝視彼此。

「亞爾克……亞爾克……」

「薇歐菈……我喜歡妳喔，愛妳。」

亞爾克再次吻上她淡紅色的唇瓣。

●

進入房間後，莫妮卡啞口無言。

因為她連想都沒想過裡面正在進行這種事。

「……嗚！……嗚!!」

村裡的姑娘捲起衣服，咬住下襬拚命壓抑聲音，莫妮卡直到進入房內都沒察覺就是因為這樣。莫妮卡雖然還是處女，但就算是她也知道男女歡好是怎樣的事情。

只不過——

「——什麼啊，蘭古。連門都不敲就進來很粗魯吧？」

〈勇者隊〉的隊長約書亞‧巴金一邊從屁股那邊侵犯仍然穿著衣服的村姑，一邊皺起臉龐。他甚至沒有被看見正在做虧心事而連忙想要掩飾的反應，不如說他光明正大地索求著村姑的身體。

「我已經敲了好幾次門，不過您似乎正在專心辦事就是了。」

莫妮卡皺眉如此說道。

「喔，是嗎，那真是抱歉了。」

約書亞一改態度如此笑道。

「您究竟在做什麼呢？」

「看了還不曉得嗎？正在接受村人對我擊退龍的款待唷。」

約書亞沉著地如此表示。

就算正在進行這種對話，他也沒有停止扭動腰部。

「款待？是不是搞錯當成強姦了？」

莫妮卡之所以一邊發抖一邊這樣說，就是因為村姑屁股上殘留著數條像是被用力擊打過的瘀青。恐怕是掉在地板上的魔法劍吧，沒有拔出劍鞘直接用它猛揍。

雖然聽過有變態會對一邊毆打女人一邊上對方的行為感到興奮，莫妮卡卻連想都沒想過自己這群人的隊長就是這樣。

是祕密被聽見所以豁出去了嗎……約書亞．巴金甚至已經不打算對莫妮卡隱藏他的下流品行了。

「別說傻話，我可沒有硬來喔。吾等是高貴的〈勇者隊〉，在國內四處巡迴幫助遇上困難的國民們。其結果，接受各種款待做為感激的象徵也是極自然的事情吧。」

「…………」

的確就名義上而論，這個或許是「款待」吧，然而。

村民本來就沒有能跟龍抗衡的力量，而打倒龍的〈勇者隊〉如果向他們做出某些要求，不論那是多麼無理的要求，他們也無法斷然加以拒絕吧。

就只是獻上活祭品的對象改變而已。

話雖如此——

「就算退一百步想，這個就是村裡提供的款待好了，我覺得要接受這件事也還早喔？」

莫妮卡強忍想要大吼的心情，用刻意壓低的聲音如此告知。

「……這是什麼意思？」

「你們當成活祭品獻出去的那名，跟我很親近的隨從兵——亞爾克・耶爾吉特，我已經確認過他還活著了。」

「……什麼？」

就算是約書亞，也因為吃驚而停止動腰。

「雖然還不曉得現在的狀況，但亞爾克・耶爾吉特還活著。得救出他，重新正式擬定討伐龍的作戰計畫才行——」

「可惡，不中用的傢伙。」

約書亞沒把莫妮卡的話語聽完，就這樣撂下話語。

「平民小鬼連個活祭品都當不了嗎──」

「隊長，約書亞・巴金，你不知道所謂的羞恥嗎!?」

「囉嗦，住口，只是在玩騎士扮家家酒的小姑娘懂什麼啊!?」

約書亞踹飛村姑如此吼道。

「想玩這種騎士扮家家酒或是勇者扮家家酒的話，就隨妳高興吧。不過沒有任何人會幫助妳的喔？不然妳可以去找別人說看看，跟他們說一起去討伐龍吶!?」

「…………」

莫妮卡沉默了。

用不著別人說。來到這個房間前，莫妮卡已經跟數名〈勇者隊〉的騎士們訴說過同樣的事情，然而卻沒有任何一人首肯。

──為何我們非得冒這種危險不可？

每個人都異口同聲地如此說道。

〈勇者隊〉原本就是為了煽動邊境國民對王國──進一步地說是為了煽動他們對國教的皈依心才成立的政治宣傳，宗教宣傳部隊。莫妮卡也不是自身志向受到認同，也不是因為有實力才被選為〈勇者隊〉的。事到如今她曉得自己之所以獲選，單單就只是「年輕女騎士看起來很體面」這樣的理由罷了。

並沒有必要真的去擊退龍。

因為這個不是自己的工作。

莫妮卡以外的〈勇者隊〉的人們都毫無顧忌地這樣說。既然騎士們這樣表示，隨從兵們也無法否定這件事。不，或許騎士跟隨從兵也不是打從一開始就這樣。然而，高唱理想的人都會被厭惡，受到排除。

就像亞爾克那樣——

「不然妳一個人去就行了，如果有那種氣魄的話吶？與其說十之八九，不如說妳肯定會被龍活活吞食吧。就結果而論，如果妳肯成為活祭品的話，也會幫了吾等一個大忙就是了。」

「約書亞・巴金，你——」

「畢竟不管哪一個騎士，都是一定程度的名門之後吶。我不能隨便把他們當成『棄子』，要把事情壓下來也很麻煩……如果妳要自己去的話，那我可是求之不得吶？啊啊——記得先寫好『遺書』喔？要用來當作妳是自行前去的證據吶。」

約書亞露齒一笑。

「…………」

背對這樣的〈勇者隊〉隊長後，莫妮卡氣沖沖地大聲踏步離開房間。

見識到自己隸屬的部隊的真正模樣後——她又悲又怒想要隨時大鬧一場。自己至今為止就是跟這種傢伙一起戰鬥的嗎？他們看起來之所以勇猛果敢，是因為對手是那種「能確實地戰勝」一般的——在裝備與能力上明顯劣於自己的山賊與罪犯，或是低等級魔物是對手的關係嗎？

多麼可悲啊。

〈勇者隊〉的成員——還有直到亞爾克被犧牲前都沒察覺到、而且察覺後也孤掌難鳴的自己都是如此。

「…………」

哭也無濟於事。

雖然心中明白——莫妮卡卻止不住從眼睛滾落的淚珠。

●

雖然還算味道輕淡又還算是好吃，不過連吃好幾天果然還是會覺得膩。更何況所謂的「生肉」不論是什麼東西的肉，放在常溫下都還是會腐爛。雖然可以用鹽醃漬再用煙燻，還是做過某種防腐處理後再乾燥做成肉乾……不過在這座山裡，鹽是貴重品，要用其他方法長期保存也很困難。

因此——

「欸？這是什麼!?這是什麼!?」

薇歐菈從剛才就非常興奮。

亞爾克用他在森林找到的樹果——果實，還有野生芋頭加以磨碎成形，再用葉片裹住蒸煮，試著做出應該說是便餐或是山寨版甜點之類的東西。

也就是所謂的「甜食」，她似乎是初次用味覺優異的人類舌頭品嘗這種東西，所以頻頻重複表示「這是什麼？」。

由於她狼吞虎嚥之故，所以應該不是難吃或是討厭之類的感覺，單單就只是初次體驗到「好吃」這種感覺而搞不太清楚吧。

順帶一提，因為這裡沒有餐桌之類的東西，因此山寨版點心都排放在大葉片上面，兩人也呈現坐在洞窟地面伸手拿著吃的狀態。

總之既然她開心，也不枉廢自己做了這個。

哎，雖然大塊朵頤到好像連亞爾克的份都要吃光的地步就是了——

「…………大小姐也是這樣吶。」

亞爾克忽然一邊苦笑一邊如此低喃後，薇歐菈的動作戛然而止。

「薇歐菈？妳怎麼了？」

「……沒什麼。」

薇歐菈有些氣鼓鼓地浮現鬧彆扭的表情。

亞爾克對她的這種模樣眺望了半晌——

「我跟大小姐是在十年前左右相遇的。」

「…………」

「父親叫我侍奉這個人，照顧這個人。我明明年紀比較輕的說，雖然覺得很奇怪，但是嘛，我立刻明白理由了。」

「…………」

亞爾克說起往事，但薇歐菈仍是默默無語。

「她是在很多事情上面都很粗心的人。雖然認真，不過應該說就是因為太認真，所以會做出各種脫序的舉動嗎？是個令人費心的姊姊——就像是這樣。她就是這種人，所以沒辦法將目光從她身上移開喔。」

不是愚蠢也並非無能，總之就是不得要領。

現實雖然追不上自身描繪的理想，不過應該說沒有那個自覺嗎——或是說就算有自覺卻還是無可奈何呢？所以莫妮卡出現某種失敗時，走在後面輔佐就是亞爾克的工作，而莫妮卡對此也很感激。

她被提拔進〈勇者隊〉時，亞爾克也毫不猶豫地報名當隨從兵。莫妮卡太不曉得世事了，就是因為筆直地凝視著理想，所以她心無旁騖，就結果而論，視野也因此變窄。亞爾克無論如何都無法將這樣的她放著不管。

然而……

「與〈勇者隊〉的名字相反……那根本不是什麼勇者們的集團吶。」

話說回來「勇者」這種稱號，是周遭之人對成就某種事物的人贈予的讚賞話語，而不是自稱的頭銜。然而，卻沒有任何人對王國贊助者設立的〈勇者隊〉講過這種道理。

「我就是這樣，被那個〈勇者隊〉用後即丟的，直至今日。」

「…………」

「雖然不曉得大小姐是否真的跟其他傢伙一樣，將我用後即丟不屑一顧——不過會這樣想，就是我心靈軟弱的關係吧。」

莫妮卡把亞爾克用後即丟？

再次試著思考，亞爾克認為這是不可能的事。如果做得到這種狡猾的行徑——靈巧的舉動，打從最初亞爾克就不用做為莫妮卡的隨從而勞心勞力了。

然而，當時的亞爾克卻需要憎恨的對象，不論是誰都行。

〈勇者隊〉本身對亞爾克而言過於強大。

這並不是在說他們一個個的實力是強是弱，那是王國做為統治手段的一環而準備的「制度」，同時也是「機構」。即使憎恨一、兩名隸屬的騎士，或是將其擊斃，也什麼都不會改變，什麼都無法改變。

更何況亞爾克甚至不曉得企圖將自己當成活祭品用後即丟的是〈勇者隊〉中的某人，還是隊長的獨斷行為，或是包含莫妮卡在內的所有人的全體意見。他也不曉得王國是否認可這種做法。

對手不是個人而是組織，組織背後有更大的組織，以及那個組織特有的邏輯——應該憎恨的對象極巨大，極廣泛，而且界線曖昧不清。

不論如何憎恨厭惡都無法合拍。

所以需要在周遭找某個能夠憎恨的、具體上的人。

自己沒有錯，自己是被害者。所以——就像這樣，需要一個好懂又能發洩怒火的對象。不是憎恨無可奈何的周遭情勢，而是單單覺得自己被莫妮卡背叛了，藉此才能發洩無處可去的憎意與憤怒。

而且具體來說，發洩這股情感的是化身為莫妮卡的薇歐菈——

「真的很可悲，沒有比這還可悲的了。」

「亞爾克——」

「所以啊，真的很謝謝妳，薇歐菈。都是託妳的福喔，再怎麼感謝都不夠。」

如果不是她那樣正面承受亞爾克不講道理的怒意，而且還安慰他的話，亞爾克會被更加奇怪的歪理禁錮自我，變得憎恨莫妮卡，還有無形的某物——或許就是世界本身也不一定。

那一定是空虛卑微又毫無意義的事情吧。

在他即將墜落那種場所時，薇歐菈將他撈起。

只不過——

「亞爾克……」

薇歐菈忽然停下手，凝視亞爾克的臉龐。

「『愛』那個……莫妮卡大小姐嗎？」

「……我認為自己是『愛』她的吶。」

亞爾克苦笑。

「實際上或許『曾經愛過』就是了。不過我已經變得沒辦法抬頭挺胸承認了唷。我不是『曾經愛過』，說不定只是想要一個可以依靠的對象，想要某人可以肯定無法成為任何角色的自己吧。」

「…………那是什麼意思？」

「呃，我也只是說說而已，並不太懂啦。」

亞爾克搔搔臉頰。

「哎，不過我現在愛的是薇歐菈。」

「…………唔！」

龍少女瞪圓眼睛僵在原地。

她凝視了亞爾克半晌，然而——

「反、反正你看到莫妮卡大小姐的裸體，小○雞還是會變大啊。」

不知為何，薇歐菈面紅耳赤地錯開視線，一邊如此說道。

「男人的那邊就是這種玩意兒，我也沒辦法呀。」

亞爾克苦笑。

「不過只要薇歐菈如此希望，我不打算跟薇歐菈以外的人做——不打算跟其他人纏綿了喔。我最愛的就是薇歐菈，我比任何人都愛薇歐菈，我有自信可以這樣說。」

把人類以外的存在當成異性喜愛，或許有人會罵這是古怪至極、變態之最吧。不過這不是在惡搞，而是亞爾克認為自己打從心底愛著薇歐菈。而且她接受了可悲成那樣的亞爾克，因此亞爾克對她也有不論怎麼傳達都傳達不完的感激之情。

至於他已經不在意莫妮卡了嗎，卻也不是如此……然而亞爾克已經決定只要薇歐菈如此希望，自己就會一直陪伴在她身邊。如此一來，就算〈勇者隊〉以外的人前來討伐龍，亞爾克也能用自身當成證據證明薇歐菈的清白。

「…………我才是——」

薇歐菈忽然用低吼般的聲音說道。

「喜歡你呢！」

「欸？」

「我、我才是，喜歡，亞爾克呢！愛、愛著你唷！」

薇歐菈用手掌拍擊洞窟地面，一邊如此說道。

「薇歐菈——」

這個龍之化身，究竟是在對什麼東西燃起對抗心啊。

然而就亞爾克的立場來說，被別人面對面說「我愛你」的話，果然還是會情不自禁地感到害羞。

「……啊，那個，謝、謝謝。」

亞爾克不由自主錯開視線如此回答，然而是從他的這種反應領悟到了什麼嗎？薇歐菈探出身軀——簡直像是在趁勝追擊般說了這種話。

「愛你喔！最喜歡亞爾克了！我愛著你！」

「等一……別那麼大聲。」

雖然也沒人在聽就是了。

「我好愛，好愛好愛你就是了！」

「薇歐菈，妳、妳要這樣說的話我也，呃，是愛妳的喔。」

「我才愛你呢！」

「我才愛妳喔！」

「…………」

「…………」

兩人都錯開視線，一邊對吼這種話語。

也因為是在洞窟內，這些聲音過度地迴響起來，聽起來很大聲，所以雙方莫名地又是害羞又是感到難以忍受。

身為龍的薇歐菈會害羞也是不可思議的事——說起來最初性交時完全看不出她有羞恥心——或許她化身為人形，用人類身軀跟人類的感覺跟亞爾克待在一起，又肌膚相親了許多次後，這才獲得更進一步的人性吧。

（是我……害的……？是為了……我……？）

這是刻意所為，或是無意識做出來的呢？

畢竟就薇歐菈所言判斷，龍是映照出人心般的存在。

就是因為這樣，薇歐菈最初與亞爾克邂逅，也因此「染上了」亞爾克吧。

如此一想後，眼前這名少女變得更加惹人憐愛了。

「不過吶，薇歐菈，話說回來，妳為什麼會喜歡我呢？」

「欸？嗯？嗯嗯～？」

薇歐菈態度一轉，皺眉露出困惑表情。

「因為交配很舒服？」

「呃，這個嘛……哎，這樣我是很光榮吶。」

比被妳說不舒服要開心好多倍就是了，不過。

說不定世上有許多比亞爾克更加……「拿手」的男人，如果薇歐菈跟那些男人睡覺的話，該不會輕易就換人吧。

「不過，記得亞爾克說過如果不喜歡的對象，人類就無法變舒服呢？」

就像這樣——薇歐菈又很率直地重複亞爾克說過的事。

那是窮途末路才胡扯出來的一句話就是了——

「啊啊，是嗎？是這樣呢。」

薇歐菈點點頭，自顧自地理解了什麼。

「是最初相會時，碰面的那個時候吧。」

「……欸？那個，變成人類形態的時候嗎？」

「不對喔，是在那之前。亞爾克高舉長劍襲擊我的那時。」

「…………為啥又蹦出這個？」

意思是因為那樣而迷上自己嗎？

「至今為止的其他生物——也包含人類在內我都見過幾次。不過記得只有亞爾克吧，沒有逃跑，筆直地望著我，還朝我衝過來呢。」

「…………」

「而且還賭上性命吧？沒有不要命的覺悟，人類是不會襲擊龍的吧？你覺得就算被吃掉也無所謂吧？」

「那個——或許，是吧。」

「啊啊，這個人類只看著我，心裡只想著我，就算被我吃掉手臂也不逃，又朝這邊過來……總覺得，該怎麼說呢，呃，有種很可愛這樣。」

「——在這邊用『可愛』嗎!?」

龍的感覺果然難以理解。

在那瞬間，亞爾克如此心想——不過再次試著思考的話，薇歐菈說過他們藉由互相吞食、被吞食「結合在一起」。跟共享魔法的對象互相將彼此的血肉納入自身，藉此擬似性地合而為一……如此思考的話，在身為龍的薇歐菈眼中，那個最初的邂逅看起來或許就像是熱烈的求愛儀式吧。

「所以是我這邊先『愛上你』的喔！」

「……啊，好的。」

薇歐菈不知為何氣勢十足地如此說道後，亞爾克不由自主地對她點了點頭。

室外傳來氣息。

「……」

是什麼事呢？一邊皺眉一邊走出去看看後，在走廊上映入眼簾的是——一雙手被束縛、嘴巴被綁起來倒在地上的一名村姑。

「是什麼事!?」

莫妮卡急忙衝至對方身邊單膝跪地。

雖然只看到側臉，但這名村姑莫妮卡有印象。是被迫「款待」約書亞·巴金的那名女孩。

「究竟發生何事……？」

是誰做出這種舉動？

或者說這也是約書亞那個變態性欲造就的結果嗎？然而，刻意將女孩帶到莫妮卡借用的房間前面，並且將她棄置在此的意義令人不解。

總之，莫妮卡先解開了村姑被綁住的嘴巴，然而——

「都……都是，妳，害的……！」

村姑才一開口，就用悲鳴的聲音說出這句話。

「——欸？」

「為什麼，在那種場合，說出那種事……！我，我，我要被殺人滅口了……！」

村姑浮現淚水說出這番話語。

有那麼一瞬間，莫妮卡無法理解這是什麼意思，然而——

「——！」

她想到了。

將亞爾克當成「活祭品」的這個契約，是約書亞與村長之間交換的密約，恐怕大多數村民都不知道這個事實。因為如果不是這樣的話，就無法提高村民對國教的皈依心。

〈勇者隊〉必須得是擊退惡龍的英雄才行。

然而——莫妮卡卻在被侵犯的村姑面前告知「亞爾克沒死」，還用對話的走向誘使約書亞說出「〈勇者隊〉的真相」。

當然，約書亞會考慮封口。

同時，也得想辦法對付被放到一旁的龍。

既然如此——能一口氣解決一切的最簡單方式就是。

「——不妙，快從這裡逃——」

莫妮卡沒能把話語說到最後。

因為她突然被身後偷襲的某人狠狠擊打後腦勺而昏倒了。

●

亞爾克一邊發出啾嚕啾嚕充分沾滿口水的聲音，一邊由下而上地仔細舔拭面前的女陰。剛開始時是在舔大腿根部附近，不過為了舔掉不斷溢出的愛液，就自然而然地用舌頭與嘴脣疼愛起薇歐菈的敏感部位了。

「啊，嗯啊，啊，亞爾克……」

兩人雖然在樹葉床鋪上愛撫、舔拭彼此的性器，然而薇歐菈卻早早沉醉於快感中，從亞爾克的男根上面移開了嘴巴。她無法忍受從自身股間吹上來的快感波浪，因而變得無法集中精神進行舔拭亞爾克的行為吧。

亞爾克覺得這種樣子也相當可愛。

「薇歐菈真的很容易有感覺呢……」

亞爾克停下嘴脣與舌頭如此評論。

亞爾克雖然沒體驗過薇歐菈以外的女性，但薇歐菈能被經驗如此淺薄，累積的技術也很少的他弄到高潮，就表示她原本就很敏感吧。或許是因為她沒有人類那種對性愛的羞恥心——源自那兒的內疚感，所以才能打從最初就盡全力地渴求悅樂吧。

「嗯……我……一定很容易有感覺唷……」

薇歐菈一邊說，一邊愛憐地用臉頰磨蹭亞爾克勃起的男性器。

「亞爾克也……容易有感覺就好了說……」

「不過那樣一下子就會去的喔。」

「去就好的說。」

「……因為我想盡可能地多讓薇歐菈舒服喔。」

「……我也是這樣子的啊？」

如此說道後，薇歐菈張口含滿亞爾克的腫脹傢伙，一邊發出啾嚕啾嚕的聲響一邊激烈地上下移動頭部。

乍看之下雖是粗魯又強硬的口交，薇歐菈在嘴裡的舌頭卻又是輕啄亞爾克的龜頭前端——陰莖口，又是舔拭肉桿部分，將複雜的快感送向這邊。

這種動作將毫不留情的快感送至亞爾克的股間，甚至到了令人覺得她是在哪裡學到這種技巧的地步。

「嗚啊……薇歐菈!?」

「呵呵呵。」

薇歐菈暫時移開嘴巴露出微笑。

那是明明純潔無瑕，卻又像是娼婦般的笑容，隱約令人感受到玩弄男性般的魔性。

「因為我跟亞爾克聯繫在一起嘛。」

「…………欸？」

「我察覺到了唷。我想說只要有意識地加強聯繫，是不是也能讓亞爾克的感受方式變強烈這樣。」

「欸……等……一下…………」

亞爾克與薇歐菈的聯繫是雙向的——之前曾從薇歐菈本人口中聽過這句話。亞爾克明明經驗尚淺卻能取悅薇歐菈，就是因為亞爾克疼惜她的心情，以及想讓她變舒服的心情就這樣加深跟她之間的聯繫。不只是她表面上的反應，就算不開口，也能藉由一次次細微的愛撫確認成果。

雖然交合不到十次，亞爾克卻已經熟知對哪裡怎麼做，薇歐菈就會很容易高潮了。

然而——這件事對薇歐菈而言也一樣。

不只如此…………

「不要，我不等。」

薇歐菈如此說道，沙沙沙地移動身軀跨至亞爾克身上。

「因為我要讓亞爾克舒服。亞爾克怎樣會舒服，我已經曉得了喔。就算是我，也不會老是單方面被亞爾克弄舒服喔！」

如此說道後，薇歐菈用自己溼答答的性器開始愛撫亞爾克的男根。

同時她用放在亞爾克胸膛上的手，開始逗弄亞爾克的乳頭。

「等一……啊啊……!?」

亞爾克不由得發出像是悲鳴的聲音，薇歐菈咧嘴一笑。

那副笑容簡直像是將獵物壓住的肉食獸——有如在說「好了，開動吧」似的。

「舒服嗎？乳頭跟小◯雞一樣舒服吧？」

「啊……啊啊……啊。」

亞爾克不知道這種快感，不可能知道。

光是用手指觸碰乳頭，就有男根被來回舔拭時同樣分量的快感侵蝕亞爾克的意識。光是用手指這樣觸碰乳頭，好像就要達到高潮了。

亞爾克簡直像是剛學會性交快樂的少女般——就像沒多久前的薇歐菈一樣，只能發出不成話語的喘息聲。

「我才要好好地讓亞爾克舒服一下唷。」

「薇歐菈——」

「我愛你喔，亞爾克。變得更加更加地舒服吧？」

如此說道後，薇歐菈把身體蹭上來，開始左右兩邊輪流舔拭亞爾克的乳頭。乳頭以及被她用腹部壓迫摩擦的男根，兩處傳來的快感讓亞爾克扭動身軀——

然而，他卻也在腦海一隅思考這樣下去是不行的。

也得讓薇歐菈一起高潮才行。

這名——直到邂逅亞爾克為止，恐怕都很孤獨的龍少女。

正因為是完美的生物，所以無法跟別人分享喜悅——只是單方面地被恐懼，甚至無法跟遇上的某人一起成就某事吧。得將「我會一直陪著妳」跟「一起活下去吧」的想法傳達給她才行。

因此……

「……唔！」

在因快感而即將融化的意識裡，亞爾克伸出雙臂緊擁薇歐菈。她意外地沒抵抗，用力將她抱向自己後，亞爾克吸住她的唇瓣。

「嗯嗯…………」

光是這樣她就發出嬌喘，亞爾克將她的吐息聲與唾液一飲而盡，有如不讓她亂動般用雙臂固定住她的身軀。

接著，他光靠腰部的動作，將自己那根何時爆發都不得而知的分身刺進薇歐菈的淫裂之中。黏呼呼又溼答答的那邊，只表現出些微抵抗就接受亞爾克的肉棒，並且痙攣——

「——嗚！」

可悲的是，才這一刺亞爾克就射精了。

然而——

「嗯嗯嗯嗯⁉」

薇歐菈也因為進攻亞爾克的舉動而亢奮吧，她似乎輕微高潮了，可以感到懷裡的她身軀顫抖。

「還沒……還沒完…………！」

雖然射精了，卻沒有軟掉。

是因為興奮程度駭人吧，亞爾克的男根依舊維持著硬度。行得通，還沒完。還能讓薇歐菈更加舒服。亞爾克使用腹肌，開始頻頻突刺薇歐菈的祕肉。

「等一……亞爾克⁉不、不行，我才剛去過——」

「我也是喔，不論多少次都一起去吧。」

如此說道後，亞爾克重複跟薇歐菈接吻。

因為太舒服而無法持久的話，就增加次數。

不論多少次都要在薇歐菈體內射精。

可以曉得她的愛液與亞爾克的精液混合而成的黏液發出啾噗啾噗的聲音，而且起了白色泡泡。亞爾克一邊感受它們從股間滴落，一邊緊擁薇歐菈轉了半圈。

「亞爾克⁉」

「薇歐菈好可愛呢。」

如此告知後——亞爾克以攻守互換的狀態向上突刺薇歐菈。

「噫呀，啊，啊，亞爾克，亞爾克，好舒服，太舒服了啦⁉」

「我也，非常地……不行，又要去了，不過不論多少次都——」

亞爾克有如在說這是回敬似的，用指尖滾動薇歐菈的可愛胸部——它的乳頭。每滾動一下，她的聲音就會跳動一次，這樣實在很有趣，不，是很惹人憐愛。能變得如此舒服或許是因為自己跟她藉由魔法聯繫在一起的關係吧，不過倘若雙方沒有心靈互通的話，快感也不會像這樣循環的吧。

簡直像是兩隻蛇互相纏繞似的，不，有如互相糾纏的雙股螺旋般，亞爾克與薇歐菈一邊交接快感，一邊將對方推上未知的絕頂。

接著——

「不行，要去了，會去的……！」

如此訴說後，薇歐菈咬上亞爾克的肩膀。

這是為了忍住快感吧。與之前的輕咬不同，這個咬法還挺用力的，然而比起痛楚，亞爾克卻先感受到愉悅。

這個跟接吻一樣。

對自己與薇歐菈來說，咬與被咬是確認彼此羈絆的行為，即使因此流血也無所謂。想要再次用這種方式將對方的血吸收至自身體內，藉此加深兩人的聯繫。

如此思考的話——光是這樣想，被咬的事也會化為快感，啃咬之舉也會化為快感。

「薇歐菈——」

亞爾克也用指尖撥開薇歐菈的金髮，咬上隱藏在那邊的可愛耳朵。

將舌頭插進耳道，舔拭，沾滿唾液後——再咬住。

光是這樣身軀就一抽一抽地震動，感到薇歐菈輕微地高潮了。

「亞爾克……壞死了……！」

薇歐菈一邊嬌喘，一邊如此抱怨。

雖然只有一點點，但只有自己先被弄到高潮令她感到不滿吧。

兩人是一起的，兩人是一體的。

所以，高潮時也得一起去才行。

所以，舒服與喜悅都得分享才行。

「還要，再多咬一些，再多吃我一些——啊啊，啊啊，啊，把亞爾克的小○雞，在我的小○妹裡面更加噗啾噗啾地——我，要用小○妹，把亞爾克，把亞爾克

吃掉——」

「……胸部呢？想要我怎麼做？想要怎麼做？」

「咬它……！」

薇歐菈用狀似悲鳴的聲音叫道。

裡面有著焦躁的餘韻，就像在說「你明明曉得」似的。

她的可愛胸部，雖然嬌小卻有如在表示柔軟度般，順著亞爾克的扭腰動作掀起乳浪輕搖。亞爾克遵從她的心願對那對乳房舔了又舔，接著吊足它的胃口後又咬了上去。

亞爾克用牙齒夾住乳頭輕拉。

一邊確認她在顫抖，做好十足準備後吸上那顆乳頭。

充分享受右邊的乳房後，接著是左邊的乳房。

這邊也是輕咬、舔拭、再舔拭、輕咬——吸住。

它雖然嬌小，但感受度果然很棒的樣子，薇歐菈激烈地扭轉身軀。

「亞爾克……好棒唷，好舒服喔，最喜歡你了——啊，啊，不過，不過，啊，不行，要、要去了，會去的，只有我——不要……要一起，一起，亞爾克，亞爾克……！」

薇歐菈伸長手臂抱緊亞爾克。

亞爾克也停止欺負她的乳頭，專心一致地扭動腰部——

「薇歐菈，我也會一起的——啊啊！」

「啊啊啊啊啊啊啊啊啊啊啊！」

雙方同時緊擁對方——兩人一邊在洞窟裡高聲大叫，一邊高潮了。

●

他命令村長要他準備駝夫背負活祭品。

之後只要把莫妮卡．蘭古與村姑兩人用鎖鍊捆在可能是龍之棲息地附近的樹上，然後再回來就行了。那並不是需要出動整個〈勇者隊〉的工作。

話雖如此，如果只交給隨從兵的話，當莫妮卡．蘭古從昏迷中清醒時，或許會被她籠絡也不一定。因為她在很多事情上面都說得很對，所以打從先前不只是亞爾克．耶爾吉特，在其他隨從兵裡也很受歡迎。

「那麼，帶那兩人過來吧。」

對兩名騎士部下如此下令後，約書亞．巴金發出竊笑。

很久以前他就覺得那個女騎士很煩人了。

所以這次的「龍撲滅行動」也是，他打算先選擇跟她很親近的隨從兵亞爾克．

耶爾吉特當棄子，再讓她被周圍孤立，當那個被當成大小姐養大的女人感到不安時，再居高臨下地施壓。為了讓她打從心底明白哪邊處於上位——視情況而定，也要把這件事教到連身體深處都明白為止。

「沒時間品嘗那個小姑娘的身體果然很可惜就是了。」

打從以前，約書亞就夢想從後面壓住莫妮卡侵犯她。

盡情亂揉那對大乳房——將它捏扁，在她疼痛時狠狠拍打屁股一邊讓她舔自己的腳趾頭，最後再將男根塞進那個屁眼裡——不是女性器——的話，她一定會恰到好處地壞掉，變成聽話的部下吧。

如此一想的話果然遺憾，真是浪費。

話雖如此——如果活祭品沒送到龍那邊的話，就沒多少時間了吧。

得盡快將莫妮卡．蘭古，還有聽到多餘之事的村姑兩人當成活祭品獻出去才行。

約書亞在設置於村子邊緣用來防野獸的柵欄附近等部下帶莫妮卡與村姑過來，一邊從懷中取出菸草，接著用火柴點燃。

將煙吸滿肺部後，他瞇起眼睛——

「…………嗯？」

有某物在柵欄另一側——他覺得好像有東西在村子附近的森林沙沙地動著。

是狐狸或是狼之類的東西過來了嗎？

對村民而言雖是威脅，但〈勇者隊〉的騎士佩帶著魔法劍，穿在身上的鎧甲又受過強化與輕量化的祝福，因此對他們而言，野獸並不是什麼特別恐怖的對手。

約書亞單手置於柵欄飛身越過後，朝發出聲音的那片灌木林走過去——

「……………欸？」

他在那兒僵住了。

灌木林發出咔啦咔啦的聲響被折斷，有如被吸進某處般一一消失。

有如交替般，從森林暗處突然現身的是——

「什……………欸……………？」

「喔，居然有人類在呢。」

那東西——說著就外表所見，流暢至異樣程度的人語。

巨軀比民宅還龐大，鱗片是赤銅色的，一對角隱約散放光澤，巨大飛翼折疊在背部，下顎大到足以一口吞下人類，顏面如同岩石般，在宛如龜裂的凹陷處有著一對炯炯發光的漆黑眼眸——

「久違的吃到飽嗎？哎呀，真開心吶。」

「龍……………!?呃，等一下，等等!?」

約書亞一邊向後退，一邊如此說道。

不可能，灌木林裡不應該有空間可以隱藏這種巨大怪物。這傢伙究竟是從哪裡出現的⁉跟灌木有如被吸入般消失一事有某種關係嗎⁉

不，現在有比這種事更加……

「要活祭品、活祭品的話，我現在正準備了兩名，關於契約——」

「契約？」

紅龍歪了歪長脖子說道。

「是在說什麼呢？啊啊，汝將吾誤認為直至前日為止將這一帶當成地盤的龍了吧？會這樣也很正常，不過汝認錯龍了。」

「欸……？」

「吾是北方壹壹貳號——從精靈那裡耳聞前陣子這附近之『主』的南方龍王古怪地尋死了吶，因此吾只不過是順道前來此處，代為將這一帶啃食殆盡罷了。」

「吾原本便不知什麼約定，不知道吶。」

龍發出像是煮沸泥巴發出的啵啵聲響，這種混濁聲音是——在笑嗎？

約書亞回頭望向村子，一邊抽出魔力劍如此大吼。

「——敵襲！」

「是敵襲，〈勇者隊〉全員——」

「哎呀，腦袋真差。吾並非什麼敵人。」

龍一邊說一邊伸長那根脖子，張開下顎將約書亞捕捉至中間。

「吾是吞食者，汝等則是被吞食者。除此之外，還有什麼其他的關係嗎？」

語畢，牠同時閉上顎部。

受到祝聖的鎧甲發出火花抵擋著龍的顎部，然而約書亞並未處於戰鬥狀態所以沒戴頭盔……發出噗滋聲響的同時，他的脖子上方從胴體那邊慘遭咬斷，消失在龍腹之中。

第四章　邪龍來襲

與亞爾克相親相愛，對薇歐菈造成許多影響。就算化身成為人類形態，原本龍的感覺也沒有因此衰退。不如說藉由跟亞爾克交合，薇歐菈感到自己的身體不斷被「開發」。

不只是快感加深，就像整體的感覺變得敏銳而且被擴張那樣。雖然不曉得這是跟亞爾克交換彼此的結果，或是亞爾克這個「外接的追加肉體」造成的影響就是了。

舉例來說，視覺器官——比起一隻眼睛，有兩個比較容易測量距離感。可以藉由視差的出現產生立體感。與此相同，或許「增加」感覺器官後，會變得能夠更多方面地觀視周遭的狀況。

總之——

「…………」

忽然有某物勾到神經末端，因此在森林散步——與其這樣講，不如說是在採果實——到一半時，薇歐菈停下腳部。

她身軀微微一震，搖了搖長著角的頭。

咚的一聲，踹向地面躍起的那個瞬間——薇歐菈從她背上生出一對巨大飛翼。

「嗯…………」

魔法似乎有好好地產生作用。

因為害怕被亞爾克討厭，所以薇歐菈至今為止都沒這樣做過——不過只要有那個意思，她也能用魔法分解周圍的物質將其納入體內，變回原本的巨龍姿態。只是長出一對大小適合現在這副身軀的飛翼，這種程度的事易如反掌。與「全部替換」的蛻皮不一樣，「追加」的形態變化幾乎沒有危險。

「嗯嗯～？」

她啪沙一聲拍動飛翼。

光是這樣，薇歐菈的嬌小身軀就朝空中浮升，在那邊繼續拍打飛翼後，她穿越樹梢之間，瞬間躍至森林上方。

然後——

「…………欸？」

眨了眨那對紫瞳後，薇歐菈如此低喃。

「那村子……是不是在燃燒？」

從高空俯視的那座村莊——亞爾克之前的同伴也在的那座村莊附近，冒出了好幾道煙柱。不只如此，還傳來慘叫聲與怒吼，以及像是龍吟的聲音……

「……龍？」

皺眉如此低喃後——薇歐菈疊起羽翼，有如墜落般筆直地返回森林裡。

●

究竟發生了什麼事——剛開始時她並不曉得。

雙手不但被反綁在身後，還被捆在倉庫的柱子上，在這種狀態下甚至無法透過窗戶看到外面。同樣被綁在隔壁柱子上的村姑也對騷動的原因沒有概念，只是將不安的眼神望向這邊。

悲鳴，怒罵聲，悲鳴，怒罵聲。然後是——轟音。

感覺像是房屋倒塌的聲音，不過那兒卻傳來啪嘰啪嘰的聲音，再加上地鳴般斷斷續續的聲音，甚至飄來焦臭味。

雖然不知道發生了什麼事，但很不妙。

這座村子瀕臨毀滅。

「該不會是……」

亞爾克還活著，並未成為龍的活祭品。

既然如此——本來應該被獻上活祭品的龍會怎麼做？

因為焦急而主動闖進村子也不是不可能的事吧？

「……這樣下去的話……」

準備好裝備，擬定作戰計畫，以萬全態勢去挑戰的話——如果是我方展開奇襲也就算了，被對方奇襲的話，不論是〈勇者隊〉或是村子都無力反抗龍。

而且明明吵鬧成這樣，卻沒人前來綁著莫妮卡的這座倉庫，這就表示以約書亞．巴金為首的〈勇者隊〉諸位成員很有可能已經陷入崩潰狀態了。

必須想辦法逃出去才行。

莫妮卡如此心想——就在此時。

「——喂，我說妳啊!!」

打開倉庫門扉衝進來的人是村長。

這個老人身為這座村莊的最高負責人，卻雙眼布滿血絲，口沫橫飛有如孩子般尖聲大叫。

「是妳，就是妳害的喔!?妳的活祭品如果好好地——」

那是不講道理的指責話語，卻在下個瞬間突然被迫中斷。

因為有一隻「巨腕」——被鱗片覆蓋，上面具備有如小劍般的鉤爪——有如追擊村長般從門口進入室內，而且才剛剛想說它會從背後抓住村長，卻又瞬間揮向上方。

村長猛然撞上倉庫的天花板，骨頭碎裂的聲音與天花板跟屋頂崩塌的聲音同時撒落。然而這對村長來說或許是一件好事，看那副樣子，被手臂甩出去的那個瞬間，就因為頸骨骨折或某些狀況而當場死亡了吧。

因為，至少他不用品嘗被活生生吃掉的地獄。

「……龍……」

透過壞掉的倉庫天花板——莫妮卡一邊凝視突然存在於空隙另一側的巨大異形，一邊茫然地低喃。

仰望那副偉岸面容吧。

因其異形而恐懼顫抖吧。

身披宛如鎧甲般的鱗片，具備如同利劍般的牙與爪，飛翼可征服天空，角可呼喚雷電，舌頭甚至可以操控火焰，而且還——

「喔，連這裡都有嗎？」

具備使用人類語言的智能。

窮凶極惡，不由分說，是號稱最強最凶、獨一無二的怪物。

那就是——龍。

「戰士之流一旦聚集會很棘手，因此吾打算快快收拾掉就是了吶。」

龍一邊說，一邊用牠的右手高舉已經斷氣的村長，然後若無其事地開始吃起那副屍骸。牠一口咬斷上半身，第二口則是軀體消失，將最後殘留下來的兩隻腿拋進那張又深又長的顎部深處後，龍仔細地咀嚼。

肉塊裂開，骨頭破碎，從莫妮卡頭頂降下令人毛骨悚然的聲音。

被綁在隔壁柱子上的村姑，發出短促悲鳴暈過去了。

「……喔？沒昏倒也沒慘叫，身為人類雌性膽色倒是不錯吶。」

「…………」

莫妮卡只能瞪視。

其實她好像隨時會失禁——然而她也沒義務坦言此事，令這隻殘暴的怪物開心吧。龍顯然會享受人類因害怕而四處逃竄的模樣。

然而——

「喝啊啊啊啊啊啊啊啊啊啊啊啊啊啊啊啊啊！」

忽然傳來某人的吼聲。

是從殘存下來的魔導士那邊接受了身體強化與加速嗎——可以看見果然像是生還者的一名〈勇者隊〉騎士身著鎧甲，就這樣在龍的背後高高跳躍，斬落散發淡淡光輝的魔劍。

魔劍發出小飛蟲飛舞般的尖銳異響，同時咬進龍翼，再加上騎士墜落的勁道，漂亮地將其——切斷。

像是蝙蝠翅膀的飛翼發出啪噠聲響掉在龍的腳邊，可以看見它有如垂死掙扎般痙攣著。

然而……

「……還有嗎，挺擅長躲藏吶。」

龍看起來不痛不癢。

不但如此，在牠身軀一抖後——

「——欸!?」

下個瞬間轟的一聲，還以為是風鳴聲——結果那道背部散發淡淡光輝，巨大飛翼也同時復原。

「什麼……!?」

騎士為了再次砍向龍的軀體而踏向前方，卻也發出驚叫聲。

他的身影唐突地消失了。

呼的一聲，挖去空氣的聲音傳出，龍的巨大尾巴左右輕擺。他恐怕是被那根有如原木般粗大的尾巴轟飛了吧。騎士簡直像是紙娃娃般連同裝備一起被擊飛，從莫妮卡的視野高高飛向空中。

看那副樣子……被擊打的瞬間就因為衝擊而死去了吧。就算沒這樣，從那個高度墜落也只能一死。

「是龍的……魔法……？」

莫妮卡茫然地低喃。

龍本來就已經很強大了，想不到居然還擁有能夠瞬間治好身體損傷的魔法。人類不可能贏得過這種生物。至少單靠一、兩個人類實在無法──即便使用魔法，實在也無法徹底擊殺這隻怪物。

轟音傳出，火焰與煙霧同時在龍的背後膨脹。

恐怕是魔導士擊入了攻擊魔法吧。

「真吵吶，魔導士也一樣。這邊的戰士似乎被綁著，所以不會逃走吧。先吃掉那邊的魔法士，這樣之後比較能慢慢享受吶。」

如此低喃後，龍背對莫妮卡。

「咕……」

是託了倉庫因為龍先前的一擊而半毀之福嗎，柱子大大地傾斜。莫妮卡一邊凝視怪物從倉庫遠去的巨大背影──一邊拚命掙扎試圖逃離柱子。

「──亞爾克！」

亞爾克在森林中奔馳，薇歐菈朝他的背影發出狀似悲鳴的聲音。

「等一下，都說等一下了！亞爾克！亞爾克！」

「…………」

然而亞爾克只越過肩膀瞬間回望薇歐菈這邊一眼，卻什麼都沒回答。

那對黑眸裡有著下定決心的神色。

跟他與薇歐菈初次對峙時的眼神──相同。

村子在燃燒的事，村子發生騷動的事，村子好像來了一條不是自己的龍的事……不論是哪一件事都不該告訴亞爾克嗎？

薇歐菈雖然這樣後悔著──但是已經太遲了。

「亞爾克！」

「…………」

現在──亞爾克雖然穿著衣服，卻沒有武器，也沒有防具。

雖然是在這種狀態下，他卻仍然打算戰鬥。

恐怕是為了拯救莫妮卡・蘭古──為了救她。

「你被背叛了吧!?被捨棄了吧!?」

薇歐菈——雖然有一半明白毫無意義，卻還是如此呼喊。

「為什麼要去那種人那邊——」

「大概到頭來，我還是一個無可救藥的傻瓜吧。」

亞爾克一邊奔馳，一邊呼喊做出回應。

「我只做得到這種活法。狀況變成這樣的話，我只能做出這種選擇。大小姐她對我很好唷。就算我真的被背叛了，她也疼愛我到像是扣掉這件事還有剩的地步。簡直像是對待家人，對待弟弟似的。」

「亞爾克——」

「而且不只是大小姐。村裡應該還有很多一無所知，卻對〈勇者隊〉抱持期待的人們。默默看著這些人被龍胡亂啃食——我實在是受不了了。」

亞爾克的語調很開朗。

那道聲音中——早已沒有猶豫的色彩了。

「謝謝妳，薇歐菈。妳讓我想起了很多事。」

「都說不行了!……對方大概是年長又很強的龍（elder dragon）喔!?不是亞爾克獨自過去能擊斃的對手喔!?亞爾克連對上我都只是兩敗俱傷吧!?」

年長的龍在一定的程度上，應該累積了許多跟人類戰鬥的經驗才是。

既然如此，不管龍王血緣有多濃，也只是跟剛剛自立門戶的小女孩——指薇歐菈——勉強打成兩敗俱傷的亞爾克絲毫沒有勝算。從任何角度來看，這應該都是顯而易見的事情才對。

「亞爾克，亞爾克，不行的，不可以去——」

薇歐菈明白自己的聲音在顫抖。

啊啊，在哭呢，自己。

這就是——所謂悲哀的心情嗎？

「明明說好要一直在一起的不是嗎！」

這就是，被捨棄的寂寞情感嗎？

這就是，遭到背叛的難受心情嗎？

這就是人類的——

「不是說愛我的嗎!!大騙子！」

「抱歉，薇歐菈。我有說過要一直陪著妳呢……好像，沒辦法遵守約定了。」

亞爾克如此說道，繼續奔跑。

薇歐菈一邊追著那道背影——

「不要啦，亞爾克被其他龍吃掉這種事，我絕不允許，絕對不行。所以與其變成這樣，乾脆——」

薇歐菈一邊啜泣一邊如此告知。

然後——身為她魔法核心的兩根角發出光輝。

●

「…………」

亞爾克在森林專心一致地跑著。

那副身軀突然產生不自然的感覺。

「——!?」

不是疼痛，不如說有點癢的——奇妙感覺。

「薇歐菈!?」

這是她使用魔法時的感覺。

然而，在此時此地是為了什麼？

「……薇歐菈，妳到底在做什——」

就算是亞爾克也吃驚地回過頭。

在那裡——

「…………!」

薇歐菈一邊發出輾壓聲，一邊吸收周圍的樹木與土壤，身形出現急遽變化。

纖細白皙的那副軀體急速變成具備銀色鱗片的巨體。

飛翼發出聲響長了出來，頭上的角增加光輝，踹向地面的腳也擴張好幾倍。那是無法用變身這麼一語道盡的——令人吃驚的形態變化。比任何事物都惹人憐愛的那張臉龐，失去柔軟白皙的肌膚，具有藍色表皮的巨大顎部的——

「——亞爾克！」

轟然一響，長出無數獠牙的龍顎逼向亞爾克。

與其被其他龍吃掉，不如自己吃掉——是想要這樣講嗎？

亞爾克迅速擺開架勢——然而。

（……這也無可奈何吶。）

腦袋一隅想著這種事。

自己現在這條命是薇歐菈給的。既然如此，如果她要追討，也只能還回去了。

更何況現在的亞爾克不可能有辦法迎擊薇歐菈。他沒有劍，也沒有鎧甲。

亞爾克只是——就算會被吃掉，也要誠心誠意地拜託薇歐菈。

請讓我過去。

讓我去幫助大小姐——莫妮卡・蘭古。

現在亞爾克最愛的人雖然是薇歐菈……卻也無法將他從莫妮卡・蘭古那邊受到

的恩情，與她一同度過的生活回憶當成從未存在過。

「………薇歐菈。」

在逼近的巨大顎部前面，亞爾克閉上眼。

「──欸？」

下個瞬間，他被猛然一甩。

那是將口中漏出的驚叫聲留在原地的半迴轉。

亞爾克被薇歐菈的顎部銜住，就這樣騎上巨大化的──變回初次看到她時的那副龍形的背部。

不只如此──

「──！」

下個瞬間，他穿在身上的衣服化為光粒分解，而且簡直是要跟薇歐菈的「外皮」配對似的，以蒼藍鎧甲為形式再次構成物質。

外觀雖然跟鋼板鎧甲一樣，亞爾克卻一點也感受不到它的重量，簡直像是身體的一部分似的。

而且，腰際甚至掛著一柄長劍。

這無疑是薇歐菈的魔法。對於原本沒有穿衣習慣的龍而言，在牠們的認知中防具與武器是「身體的延伸」──

「薇歐菈!?這是──」

「與其讓亞爾克被其他龍吃掉……」

薇歐菈用地鳴般的低吼聲──卻仍然隱約殘留銀鈴般可愛餘韻的聲音說道。

「那隻龍，由我殺掉。」

她拍打飛翼，一口氣飛上天空。

薇歐菈做為少女的身影與聲音，已不復存在。

如今變成曾經試圖咬殺亞爾克的那隻龍的模樣。

然而，不知為何……亞爾克卻不覺得這種模樣可怕又不祥。

不如說明明是這副異形，卻仍然好好地殘留著薇歐菈的部分，這件事甚至讓亞爾克感到心安。亞爾克甚至替感到放心的自己覺得驕傲。

（如果是現在的話，就算薇歐菈是這副模樣……或許我也能抱她。）

他甚至有了這種念頭。

如果有人問自己實際上會怎麼做嘛，哎，雖然不曉得會怎樣就是了。

「牢牢抓緊喔！如果因為墜落而頸骨骨折當場死亡的話，就算是龍魔法也治不好喔！」

薇歐菈活用長脖子回頭望向坐在背上的亞爾克，一邊如此告知。

在龍的那副巨大又充滿壓迫感的面容正中央，唯有這對紫瞳完全沒有改變地凝視亞爾克。那是美麗清澈，又率直的眼眸。

「薇歐菈——」

亞爾克在她飛在空中的背部上立起單膝，朝那個，好像可以將亞爾克一口吞下的龍臉吻了一下。

「等一……!?」

飛行姿勢亂掉了一瞬間，這是她心神動搖的證明嗎？

亞爾克連忙緊抓她的身軀——

「抱歉，還有謝謝。我愛妳。」

「……這……這種，這種話，呃，事後我可要好好聽你說喔！」

用明顯在害羞的口氣如此說道後，巨大龍姬朝燃燒的村莊筆直加速。

●

到勉強逃出倉庫解開手銬這邊都還好。

「——！」

看見村子的現況後，莫妮卡只能愣在原地。

村子的建築物有半數被燒毀、崩塌，其周圍散落數十具像是食物碎屑的屍體。

或許那些燃燒的建築物，以及崩塌的建築物裡面也有殘留下來的遺體吧，說不定也有可能還活著。

然而，求助者的聲音卻被火焰熊熊燃燒的轟音，以及人們的悲鳴與怒吼抹消而無法聽見。而且附近有火焰，還有摻雜鮮血與糞尿氣味令人作嘔的空氣飄散，實在不是可以將精神集中在某件事的環境。

如同字面所述，是一幅地獄繪畫。

即使如此，還是要去救助仍然活著的人——雖然心中這樣想，但造成這種悲慘狀況的原因卻依舊存在。不想辦法對付那個的話，進行救助工作之際，從背後被吃掉就完了吧。

話雖如此……

「…………咕！」

莫妮卡握緊取回的魔法劍，緊咬唇瓣。

劍很細——有如細劍般的造型，乍看之下非常脆弱，不過只要莫妮卡將它握在手中核對掌紋的話，就能透過氣脈發動魔法。它被施加了斬鐵魔法，不同於外表，這把劍連鐵鎧甲都能斬裂。

而且，先前也見過這種魔法劍對龍也行得通。

然而——

「——喔，主動前來讓吾之利牙咬嚙嗎？此等決心令吾欽佩。」

用那副身軀撥開周圍因死亡與憎恨而混濁的大氣，赤銅色的龍回頭望向莫妮卡。有如斑點般長在四處的紅色濃淡色塊，該不會就是被牠吃掉而變成食物碎屑的人類的鮮血吧？

在這麼短的時間內，這隻怪物究竟吃了幾人……？

「想反抗就反抗吧，這樣也很有趣。」

紅龍張開顎部發出轟笑聲。

莫妮卡在心中喝斥快要軟下去的膝蓋，一邊再次握緊魔法劍。

就算贏不了，至少要給予一擊。

即使龍能使用魔法治療自身傷勢，基本上依舊是由那個寄宿著意識的器官，也就是大腦操控魔法的吧。既然如此，只要能把魔法劍插進龍的頭部，應該還是有可能殺掉牠。

那隻龍為了吞食莫妮卡而把頭部湊近這邊的瞬間，就是唯一的勝機。

因此——

「…………喔？眼神還挺有趣的呢，人類雌性。即使互刺，也打算要殺吾嗎？此舉真囂張吶。然而嘛，這種事有可能嗎？」

紅龍一邊笑，一邊張開那張長顎。

上顎與下顎之間的空隙……從那兒閃出如同閃電般的光芒。才剛這樣心想，下個瞬間，那兒就產生了劇烈旋轉的火焰。

「──『炎之吐息（Flame breath）』!?」

「是在吃驚什麼呢？妳以為吾是如何燒掉村子的？」

是想要做什麼又要怎麼做呢，紅龍在張開的顎部維持火焰球體，一邊如此笑道。

「先將妳烤得金黃酥脆吧，之後再來吃。因為吃的時候如果妳亂動可是很麻煩吶。什麼嘛，無須在意。活生生的吃雖然最美味，但烤過的肉體香氣四溢也很不錯喔。」

火球如要從龍顎溢出似地成長著。

被丟到那種玩意兒的話，就算是受過祝福的魔法鎧甲也不可能守得住莫妮卡。鎧甲會毫髮無傷，而莫妮卡會變成焦炭吧。不，在那之前就會因為火焰讓空氣變混濁窒息而死吧。

不管怎麼做，莫妮卡都沒有取勝的方法。

「咕……」

她緊咬脣瓣──就在那個瞬間。

「啊啊啊啊啊啊啊啊啊啊啊啊啊啊啊啊啊啊啊啊啊啊啊啊啊啊啊啊啊啊啊啊！」

那究竟是吆喝聲，還是慘叫呢？

某物插進莫妮卡與紅龍之間。

不是某人，而是某物。

那個明顯不是人——

「——欸!?」

比紅龍小上那麼一圈。

然而，長脖子，一對角，巨大飛翼，以及分不清是蜥蜴還是鱷魚的異樣形狀……

插入其中的明顯是龍——是銀藍色的，龍。

「喔!?」

紅龍發出驚訝叫聲，火球從顎部釋出。

它會將銀藍色的龍，以及莫妮卡捲入其中燒盡一切——感覺像是這樣，然而。

「這種東西！」

不知為何也可以說是有些可愛的聲音響起後，銀藍的龍迸射雷電。

令人驚訝的是，雷電纏住了緊逼而來的火球。

「——!?」

而且，在驚訝的莫妮卡面前，銀藍色的龍脖子一揮，被雷電囚禁的火球直接被拖曳至地面，然後狠狠撞上地面，就這樣化為火花朝四面八方飛散。

那本來就是龍魔法強制產生的魔法火焰……就像存在本身即是幻象般，火花也如同在空中溶解般全數消失了。

接著——

「什……麼!?」

在紅龍的鼻面……上方。

是何時出現在那兒的呢？

或者說——是從遙遠的天空上墜落的？

一名劍士身披用藍與銀點綴的鎧甲，用劍突刺龍的臉龐。是釘住閉合的顎部，防止第二發火球釋放吧——劍貫穿了上顎與下顎。

看起來雖然不像是魔法劍，但說不定劍上乘載著全身的體重，連墜落力道也加以利用，才突破龍的強韌表皮貫穿其顎部的？

多麼強硬，同時也很勇敢的攻擊啊。

那是一旦時機與目測稍有差池，不如說自身就有可能被火球直擊的危險戰法。

「該不會是——」

而且那名劍士的背影——莫妮卡有印象。太有印象了。

「亞爾克!?」

「喝啊啊啊啊啊啊啊啊啊啊啊啊啊啊啊啊啊!!」

劍士——不，亞爾克一邊吼叫，一邊拔出劍，然後重新舉好它打算刺向龍眼。

然而，紅龍也沒蠢到什麼都不做、等待那一擊的地步吧。牠用力甩頭，從自己臉上揮落亞爾克。

身披陌生鎧甲的亞爾克滾到附近。

莫妮卡忘記目前身陷的情況，不由自主地呼喚他。

「亞爾克，亞爾克，你沒事吧!?」

「…………」

然而亞爾克只是瞥了一眼莫妮卡，就無言地舉劍站起身軀。

沒有憤怒也沒有悲傷。

那張臉龐上只有極透明的——過分透明的決心。

「亞爾克！」

亞爾克揮去莫妮卡悲痛的呼喊，朝龍那邊奔馳而出。

●

雖然顏色相左，但龍就是龍。雖然年紀不同，但龍就是龍。

其能力——還有魔法基本上是一樣的。

身體變化（shape change）的魔法。

它不只將自身變化為異形，也能讓造成的傷害「像是沒發生過」一樣。只要體力與魔力持續下去，龍就是不死之身。如果是龍之間互相戰鬥的話——只要身為魔法核心的角，以及直接連接著那邊用來操控魔法的腦部沒被破壞，弄出來的傷口就會被沒完沒了地治好，不斷重複被弄傷然後治好傷勢這種無益的消耗戰。

也就是說——

「愚昧之舉！愚昧之舉吶!!」

一邊釋放火球，一邊釋放雷電，紅龍一邊哄笑。

「龍彼此互鬥徒勞至極！這單單只是互相損耗喔!?既然如此，更加年長，更加龐大的龍就必定會撐到最後贏得勝利的吧！小姑娘妳原本就沒有勝算，所以看是要去其他地盤，還是要躲在洞窟發抖都行吶！」

「囉嗦！閉嘴！」

薇歐菈一邊怒吼，一邊跟先前一樣用雷電卸開火球，或是在空中翻轉身軀避開雷電。

「只是四位數的下等貨色，少在那邊大吼！」

「喔？一位數的高貴之龍，始祖龍王的直系血脈嗎？」

紅龍更加高聲地嘲笑。

「那又如何!?不論有多少與生俱來的可能性，如今都只是個小姑娘，妳沒有任何勝過吾的手段吧!?還是說怎樣!?方才那個人類——那個人類是妳的手下嗎？龍？有手下？而且還是人類？喔喔，喔喔，傑作吶。由於最強之故，除了繁殖之際甚至無法群聚的龍有手下!?這真是傑作——」

「囉嗦，囉嗦，囉嗦！」

薇歐菈一邊大叫，一邊用低空飛行突進。

「亞爾克不是我的手下！」

「喔？不然是什麼!?」

擋下突擊而來的薇歐菈後，紅龍甚至還用雙臂抓住那副銀藍身軀壓制住她。這是雙方都沒有立足點的空中戰，而臂力是紅龍這一方比較強，由於尺寸之故，體力與魔力的底限也是紅龍較深。

如同文字敘述，演變成四肢交纏的消耗戰後，正如紅龍所言，薇歐菈是沒有勝算的。亞爾克也一樣，只要還待在地面，就不能對呈現飛行狀態的兩頭龍出手。

紅龍雖然語氣輕侮，卻也沒有忽視亞爾克的存在。就是因為是年長的龍，所以非常清楚小看亞爾克這名伏兵是會吃虧的。

然而——

「那就開始比耐力吧！」

如此宣言後，紅龍開始用火焰連同自身一起燒灼薇歐菈。

大氣發出轟鳴，閃出劇熱的朱紅色。

火焰同等地燒灼兩頭龍，燒灼，燒灼——不過由於尺寸之故，薇歐菈會比較快燒光。這甚至算不上是比耐力，單純就只是互相耗損。

是其他生物不可能做到的異樣戰法。

然而——

「啊啊啊啊啊啊啊啊啊啊啊啊啊啊啊!!」

薇歐菈發出分不清悲鳴還是咆哮的聲音，一邊無意義地在空中迸射電光。

這簡直像是銀藍龍姬臨死前的慘叫——

「哈哈哈哈哈哈哈哈哈哈哈哈哈！什麼啊，已經投降了？已經要投降了嗎？只不過是鱗片被燒灼這種程度的攻擊，就投降了嗎！不愧是小姑娘，毫無忍耐力——」

「——住口。」

這句話從紅龍的頭頂降下。

「不准侮辱薇歐菈，不入流的傢伙。」

「——!?」

紅龍立刻仰頭望向自己的正上方，看見背對太陽落向這邊的那條人影。

不，那真的是人嗎⁉

背部背負巨大飛翼的人，真的可以稱為人類嗎？人類不是只能在地面爬行的生物嗎？

「什麼⁉」

在紅龍因驚愕而瞪大雙眼時，長劍刺進牠的眉心。

「你——⁉為、為何——」

「住口，你說話的聲音很刺耳。」

雖然自己也被火焰燒灼——亞爾克卻一邊用龍魔法復原再生一邊如此說道。

當然，背上能長出飛翼也是龍魔法使然。

只要亞爾克是薇歐菈的一部分，薇歐菈的魔法就能影響亞爾克，只要薇歐菈允許，亞爾克也能用自身意志使用龍魔法——

「是、是嗎，雷電也是——囂、囂張之輩。」

薇歐菈的悲鳴與雷電，都是為了不讓紅龍察覺變身飛向空中的亞爾克的存在。

亞爾克與薇歐菈藉由魔法聯繫著，就算不一一商量，他們也能預先判讀對方的行動做出支援。

「去死，邪龍。」

「哈，哈，哈，不不不，這是不可能的事吶！」

紅龍果然還是被自身吐出的火焰燒灼著，卻還是發出嗤笑。

「吃驚，真的很吃驚吶。有數百年不曾如此驚訝了!?你的那股力量是吾等的魔法嗎!?究竟是用何種方法盜取吾等的魔法的！人類真是不能大意吶！不過啊，不論不死身到何種地步，力量都不足以擊殺吾！爪子——不，劍刺得有點淺吶！」

沒錯，就像紅龍額頭被刺，還是可以像這樣說話一樣。

亞爾克的一擊雖然抵達頭的頭蓋骨，卻沒能抵達位於內部的腦部。

沒有魔法的普通劍，就算加上體重與墜落勁道還是無法割開龍厚實的頭蓋骨。

既然如此，就算亞爾克在這個狀態下再揮一次劍，也無法超越龍的頭蓋骨擊打腦部——應該是這樣才對，然而。

「不，刺得並不淺。」

亞爾克瞇眼如此說道。

「淺到這個深度就足夠了。」

「——!?」

下個瞬間，紅龍瞪大牠的眼睛。

牠恐怕是發現了吧。發現雖然嵌進頭蓋骨，卻在那邊停住的亞爾克之劍，它正發出輾壓聲，強硬地擴張自己的頭蓋骨。

「這、是，這是——這個也是!?」

「沒錯，這把劍也是我的，薇歐菈的一部分。」

亞爾克的劍是薇歐菈用魔法再現之物。

也就是說，它也是龍的身體變化魔法的一部分，其大小與形狀也能藉由魔法行使主體薇歐菈或是亞爾克的意志而自由改變。

因此——

「這個，這個也，這個，這、這、這這這這，這，這啊，咯，咯咯，咯啊啊啊！」紅龍雙眼破裂，藍銀色荊棘從它的內側探出臉龐。

在頭部內側伸長變形的亞爾克之劍，從頭蓋骨的密合縫繼續深入內部，而且有如在說這樣還不夠似地繞過頭蓋骨，也從眼窩與耳道那邊朝腦部前進。

紅龍有所察覺後試圖用自身魔法抗衡——不過，已經太遲了。

劍尖在瞬間簡直像是樹根般生長，從四面八方貫穿龍的腦髓，將它分割切斷。

「咕哇……為、為何，為、為為為，為何，嚕嚕，嚕咕啊！」

那是如同短促低吼般的慘叫聲。

火焰消失，雷電也消失了。

紅龍離開薇歐菈的銀藍色身軀墜至地面，重物墜落讓轟音響徹整座村莊，衝擊揚起沙塵。

「咯，啵，咯，啵啵，咕，咯，嘰，啊，咯，啵，呸，咕，咕咕，啵……」

村子的廣場產生凹坑（crater）。

曾是龍的物體在它的正中間粗暴地掙扎。

腦部被弄傷後，失控的魔法毫無秩序地讓那副巨軀再生，變形。別說是異形之龍，產生的形狀甚至像是胡亂捏出來的黏土工藝。然後——

「……為，何，吾……吾……會……？」

在異樣的死前掙扎後，那東西化為普通的肉塊，在亞爾克下方——死去了。

「你說為什麼——」

從肉塊上方降下後，亞爾克對化為無語屍骸的紅龍——曾是紅龍之物，夾雜嘆息地說道。

「因為你是一人……而我們是兩人。不應該輸的你之所以敗北，真的就只是因為這樣而已喔。」

「亞爾克——」

亞爾克單膝跪地，銀藍龍果然也用相當疲憊的模樣像是落下似地降至他身後。

亞爾克依靠著搖搖晃晃的薇歐菈，自己也撐著她——兩人就這樣撐著彼此，亞爾克深深嘆了一口氣。

「──亞爾克！」

四處仍然有民房熊熊燃燒著，在人們哀鳴與嗚咽不絕於耳的村子裡，響起姬騎士莫妮卡・蘭古的呼喚聲，她呼喚了曾是自身隨從的青年。

「等等，亞爾克，你要去哪裡!?」

「…………」

不能停步。

雖然明白，但亞爾克仍是不由自主地停步了。雖然成功忍住了回頭的動作，然而莫妮卡卻跑過來繞至前方，探頭望向他的臉龐。

「亞爾克……」

「大小姐，您平安無事……就好。」

亞爾克勉強吐出這種臺詞做出表面功夫。

然而──

「這是我的臺詞，而且亞爾克──」

「對不起，大小姐。我已經不是亞爾克・耶爾吉特了。」

「……欸？」

莫妮卡瞪圓眼睛僵在原地。

亞爾克避開她再次邁開步伐——走向在村子邊緣靜靜等待的銀藍龍身邊。

倖存者都看見薇歐菈跟那頭紅龍戰鬥時的光景了吧，然而他們卻無從判別那單單只是龍之間的內鬥，或是薇歐菈是為了守護村子而戰的。實際上薇歐菈並不是守護村莊，單單只是亞爾克想要守護村子，所以她才跟亞爾克的敵人戰鬥罷了。

因此，許多人們都用膽怯的眼神看著薇歐菈。

會這樣也很合理。

因為剛剛才因為那頭紅龍的暴虐之舉而死了數十，不，是超過百名的人類。亞爾克察覺就連莫妮卡的視線裡都浮現著恐懼的神色。

「等等，等一下亞爾克，這是怎麼一回事⁉」

「我……已經是那頭銀藍龍的東西了。」

「——欸？」

「瀕死的我，被那頭龍救了一命，成為那頭龍的……一部分。老實說，曾是人類的亞爾克．耶爾吉特已經死了。」

亞爾克如此說道，一邊走一邊舉起單手給她看。

那隻手簡直像是野獸的前腳般伸出爪子，長齊剛毛只是一瞬間的事。那是前來村子的途中薇歐菈教他的魔法使用法，不過只要用過一次，就算幾乎沒意識到，也能隨心所欲地操作自己的形態。

（啊啊，對呢。也改變臉就好了。）

亞爾克在腦海一隅思考這種事。

「亞爾克……!?」

「所以呀，雖然感到抱歉，不過大小姐，您就當作我已經死掉——」

「少……少說這種任性的話喔!?」

之所以不由自主地再次停步，是因為莫妮卡的聲音中明顯帶有哭音之故。

「我沒有你就不行，你是知道的吧!?」

「大小姐——」

「而且剛才你也幫助了我啊？」

莫妮卡的叫聲——令村內一片譁然。

那頭銀藍色的龍與身穿銀藍鎧甲的劍士救了她——幫助了村子。擊斃那頭連〈勇者隊〉都無法擊殺的紅龍，拯救了村子。

莫妮卡的話語，先不論她自己是否有其意圖——再次讓村民們認知這個事實。

而且——

「要說救你一命的話，你剛才也救了我一命吧？只是單方面伸出援手，然後一句好了再見，這種事，這種事——」

之後不成話語，因為她也不曉得自己在說什麼、想要說什麼吧。莫妮卡從以前就是如此，雖然大部分的時候性格都很沉穩，不過一旦情感高漲，經常會變得非常亢奮而一時語塞。

安撫這樣的她，也是亞爾克的職責──曾是他的職責。

莫妮卡・蘭古，是亞爾克很重要很重要的「主人」，也是亞爾克的「姊姊」。

亞爾克真心認為如果是為了她，自己連命都可以不要，而且這種想法至今也沒改變──然而。

「我──」

亞爾克打算再次邁出步伐──

「──!?」

雷電突然刺向他眼前的地面。

「薇歐菈!?」

亞爾克大吃一驚，望向佇立在村子邊緣的銀藍色的龍。

薇歐菈一邊讓藍白色電光纏在角上，一邊看著這裡。

她一邊看──卻展開飛翼朝這邊大大地拍打。

「薇歐菈，這是在做什麼──」

猛烈的風壓向這邊，亞爾克與追至他身後的莫妮卡一起滾倒在地。沙子與灰塵被捲起，化為煙霧堵住視野。

亞爾克連忙起身撥開那片煙塵——

「…………」

有如再次提醒般，雷電刺進亞爾克身旁的地面。

有如在警告般，簡直像是在告知「不准跟來」似的。

而且——

「薇歐菈！」

銀藍色的龍有如要颳飛亞爾克的呼喊般引發猛烈的風，一邊飛舞至空中。

「等等，等等啊，為什麼——薇歐菈!?」

銀藍色的龍，沒傳來回應。

「…………」

取而代之的是，薇歐菈有如在說這就是道別似的，一度彎曲長脖子朝亞爾克這邊瞥上一眼——然後就這樣飛向彼方的天空了。

「薇歐菈……薇歐菈!?」

亞爾克愣在原地。

「怎麼會……為什麼!?」

自己被留在這裡了——他需要一些時間，才能理解自己被薇歐菈「捨棄」的事實。

●

銀藍色的龍在森林上空飛行。

那副姿態優美的不像是吃人怪物——然而鱗片、外皮、肌肉卻也從那副身軀破破爛爛地剝落，就像迎來冬天樹葉枯萎四散似的，隱約飄著悲傷氛圍。

龍剝落的一部分在空中繼續分解，化為沙粒，隨風而逝。

不久後，龍裡面出現人類少女的身影——咚的一聲在森林裡著地。

「……………」

她面無表情地在森林裡走了一陣子。

少女——薇歐菈走進絕壁上的洞窟入口中。用有氣無力的步伐走至最深處後，她有如倒向在那裡的樹葉床鋪般橫躺在上面。

她面向岩壁，背對洞窟的入口——就這樣維持了半晌，然而。

「……………亞爾克……」

薇歐菈自然而然地低喃曾在此處纏綿過的青年之名。

在這張床鋪上，不，在這個洞窟的四處都殘留著他的氣味。話說回來，如果沒跟他同床共寢，也沒必要準備這麼柔軟的睡床，而且更重要的是，薇歐菈根本不會化身為人類少女的模樣。

沒錯，因為有亞爾克在，薇歐菈才會變成這樣。才變成了這樣。

最終她甚至開始覺得維持這副少女的姿態，比化為巨龍模樣更像自己原本的存在方式。如果已經不跟亞爾克在一起的話，明明也沒必要化身為這副模樣的說——

「亞爾克，亞爾克……」

薇歐菈有如囈語般呼喚青年的名字，一邊聞著他殘留下來的氣味。

那隻右手自然而然地伸向他在這裡愛撫過無數次的，自己的股間。

「亞爾克——」

用指尖逗弄後，立刻就溼掉了。

她將自己的愛液沾上指頭弄滑，一邊自己疼愛起女陰上的小突起。就像亞爾克曾經那樣做過般，一邊回想他的手勢——

「嗯啊……啊……」

啾噗啾噗的聲音傳出，更加刺激薇歐菈的記憶。

亞爾克的手指細心地、拚命這樣做，為了讓薇歐菈舒服而努力時的事，以及薇歐菈希望他也變得同樣舒服而努力的事——她回想起種種回憶。

「亞爾克……」

卻好難過，並不滿足。

愈是回想，就愈是突顯現在與被他擁抱時的差距。

不及他在薇歐菈體內抽送男根時的快感。

與其說是快感，不如說是滿足感吧。不只是魔法，連肉體都跟他合而為一。現在這種快感，果然還是及不上在近距離感受他的體溫與心跳還有呼吸，這一切的一切時的那股愉悅感。

當時，身心都被填滿了。

現在感受的快樂是單方面的，只是化為孤獨煙消霧散。

什麼回應——都沒有。

「……好寂寞喔……亞爾克……好難受喔，亞爾克……」

不想放手讓他走。

回過神時，已經很喜歡他了。

然而，就是因為藉由魔法聯繫著，所以能朦朧地明白一件事。

亞爾克・耶爾吉特無法忘懷莫妮卡・蘭古。他心中關於莫妮卡的記憶並未變淡。就連覺得自己被背叛時，他都無法對莫妮卡徹底感到憤怒，無法徹底憎恨她。

就是因為這樣，才會不曉得如何處理無法控制的心情而大發脾氣。

而且到頭來，最後還是回去幫助她。

明明約好要一直陪著自己，卻覺得莫妮卡的事比這個約定還優先，甚至不顧自己有死亡的風險。

「啊……啊啊……」

他心底深處的細微心思，薇歐菈當然也不曉得。

雖然聯繫在一起，薇歐菈卻也沒有足夠完全理解他心思的經驗——薇歐菈只模擬人類活了短短的十天，所以無從理解複雜糾結的情感。

她只是覺得——如果待在莫妮卡‧蘭古身邊是他的幸福，那就應該要讓他這樣做。薇歐菈有了這種想法。只要他舒服，自己也會舒服。只要他開心，自己也會開心——她如此相信著。

然而……

「啊……啊……」

卻對這股失落感無可奈何，無力抗衡。

明明是自己捨棄了他，感覺卻像是自己被捨棄了。

身為最強怪物的龍，而且還跟始祖龍王血脈相連的自己居然有這種感覺，雖然心中明白這樣實在滑稽至極就是了。

即使將手指插入自身膣內也不夠，得不到滿足。

就算發出啾啵啾啵的聲音進進出出，感覺也有些空虛。甚至感受到宛如對牆壁搭話的徒勞感。

不夠，不夠，他的——

「亞爾克——」

「……薇歐菈。」

剛開始時，她以為這個聲音是對他思念過頭，自己才擅自製造出來的幻聽之類的東西。

然而——

「亞爾……克……？……呀啊!?」

從背後被緊緊抱住動彈不得，自己感到不滿足的女性器也被緩緩插入。曉得那是肉棒的感覺後，薇歐菈發出叫聲。

「亞爾克……？為、為什麼……啊……？」

亞爾克的肉棒擴張淫裂，一邊不斷深入薇歐菈的內部深處。它又堅硬又滾燙……膨脹得連薇歐菈溼潤的女性器都難以應付。

被填滿的感覺令薇歐菈嬌喘，然後雙眼溼潤。

「問我為什麼……」

一邊從背後靠向薇歐菈，一邊從背後侵犯她——亞爾克用溫柔卻有些困擾的聲音如此說道。

「我是妳的一部分，妳是我的一部分吧？」

「啊……啊……那……那是……」

「事到如今才說別離……那個，我會很困擾的。」

「亞爾克……！」

他回來了。

他——沒留在莫妮卡那邊，而是前來自己這邊。

光是這個事實，就讓薇歐菈的興奮達到最高潮。

「啊……啊……要去，要去了，亞爾克，我……」

薇歐菈從背後被緊擁，一邊被突刺一邊顫抖身軀如此訴說。

玩弄亞爾克的感受度——現在她實在沒有這種餘裕。

「可以的喔，去吧，薇歐菈。讓我看看薇歐菈高潮的樣子。」

「不、不要，亞爾克也，亞爾克也一起，一起去……！」

有如在說至少也要抵抗一下似的，薇歐菈朝自己的下腹部注入力氣。

因快感而顫抖的膣內吞沒著亞爾克的男根，一層又一層地緊緊絞住它。薇歐菈感到亞爾克緊貼她背部的下腹部果然也有些緊張。

然後——

「薇歐菈……！」

亞爾克一邊抓住薇歐菈的胸部用指尖愛撫乳頭——一邊用嘶啞聲音如此呼喚。在那個瞬間，薇歐菈達到高潮——也感受到亞爾克的男根在自己體內迸射生命之滴。

「啊……啊啊啊啊……」

雖然痙攣，薇歐菈仍是將自己的手疊上亞爾克正在逗弄自己胸部的手。

「亞爾克……」

「薇歐菈……」

從薇歐菈體內拔出自己的性器後，亞爾克將手伸向仍然面向牆壁的她，將她翻向這邊。

兩人一邊在床鋪上四目相對，一邊品嘗餘韻了半晌——

「亞爾克……對不起，對不起……」

將臉龐靠向亞爾克的胸膛後，薇歐菈如此說道。

「不過亞爾克……莫妮卡的事……」

「薇歐菈真的很過分呢。」

亞爾克一邊輕撫她的頭髮，一邊如此說道。

「連我的意志都不問就飛走了。如果被妳拋棄的話，那我該如何是好啊。我可是妳的一部分吧？」

「……對不起……不過，亞爾克也打破跟我的約定……去幫助了莫妮卡吧？」

「都說那是──」

亞爾克打算說些藉口，然而。

「嗯，是呢。抱歉。」

「…………」

「不過薇歐菈，請不要誤會。就算是現在，我一樣敬愛著大小姐，不過那個──」

亞爾克有些害羞似地垂下視線。

「我最愛的是……讓我想要像這樣一起變舒服無數次的妳。因為我的伴侶就是妳。」

「…………真的？」

薇歐菈由下而上地仰望亞爾克。

亞爾克浮現了一陣子的苦笑凝視這樣的龍少女，然而──

「證據就是它如此地……」

如此說道後，他將不知不覺間變硬復活的男根抵向薇歐菈。

「如果是薇歐菈的話，不論多少次都做得到。」

「等、等一下，亞爾克──？」

緊擁薇歐菈就這樣緩緩起身後，亞爾克將手插進她的腋下，輕輕將她抱起。雖然這或許也是變身魔法增強肌力使然吧，不過亞爾克原本就以劍士之姿不斷鍛鍊，而且薇歐菈也很嬌小，所以要將她抱起並不是那麼困難吧。

接著——

「薇歐菈——」

「嗯嗯……？」

他一邊抱起薇歐菈，一邊花了足夠的時間接吻。

用舌頭舔拭彼此的脣齒與牙齦，加以愛撫。

光是這樣薇歐菈就抵受不住，用雙臂繞向亞爾克的脖子擁住他。

在那之後——

「欸，該不會，亞爾克……」

「要上囉，薇歐菈。」

如此說道後，亞爾克將雙臂從腋下一滑，輕輕放上薇歐菈的腰際——接著將指向天際的腫脹男根前端抵住薇歐菈的女陰。

「等一下，亞爾克，這種——」

用這種簡直像是被亞爾克的男根從下方串刺般的體位。

如果在這種狀態下被插入，亞爾克把力氣放緩的話會——

「我愛妳喔，薇歐菈。」

「亞爾——噫呀!?」

滋噗一聲，亞爾克的男性器從下方貫穿薇歐菈。

由於自身體重之故，就算什麼都不做，薇歐菈也會將亞爾克的肉棒接受至最深處。即使手臂用力，也因為甜美刺激而使不上力。不然別說是撐住自己的身軀，她甚至擁有用單手吊起亞爾克的臂力。

亞爾克的男根抵達至今為止的最深處。

她有這種實際的感受。自己連最深處都變成亞爾克的東西，亞爾克被薇歐菈吞沒至根部，變成她的所有物——這讓人好開心，已經搞不清楚狀況了。

「呀啊，呀啊，啊，啊，碰到裡面，碰到最裡面了。到我的，我肚子裡最深的地方。啊，呀啊啊，頂到，頂到了！」

「嗯，連接……最……深的……一次呢。」

用輕放在屁股的雙手，以及亢奮的男根支撐薇歐菈的身軀，亞爾克一邊開始扭動腰部。有如由下而上，一而再、再而三地，用乾脆把薇歐菈貫穿般的勁道突刺。

「亞爾克……亞爾克……！」

薇歐菈放鬆繞在脖子上的手臂，將手輕輕放上亞爾克的雙頰，然後用水汪汪的眼眸凝視亞爾克的臉龐。不只是靠魔法的聯繫，就算從外表上觀察，亞爾克的表情也不怎麼從容——可以曉得他也很舒服，這讓她感到很開心。

薇歐菈吸住他的嘴脣，盡情地渴求唾液。

「亞爾克——」

將舌頭插進他嘴裡，在他裡面來回攪動。

這種行為本身明明沒有半點快感，薇歐菈卻有了一種自己被亞爾克從下面侵犯，自己則是從上面侵犯亞爾克的心情。

「嗯……嗯嗯……嗯嗯嗯……」

兩人的喘息聲被吞進彼此的嘴裡，亞爾克每次將腰部向上挺時，薇歐菈的白皙腹部都會因快感而震動。想要變得更加更加地舒服——亞爾克的這種心情傳向這邊，薇歐菈也用大腿緊緊纏住亞爾克的腰，而且自己也拚命搖著腰部。

「呼啊……啊……啊……啊，啊，啊，啊！」

「好猛……這個……好舒服……啊。」

「我也，我也——」

不由自主感到氣悶而移開脣瓣後，兩人朝彼此投出這種話語，接著再次接吻。

薇歐菈一邊在亞爾克的男根上面不斷彈跳，一邊因高漲的快感而嬌喘，變得難以忍受的她咬向他的肩膀。

急速湧上的極致快感。

看樣子這一點亞爾克似乎也一樣——

「……薇歐菈……」

「嗯嗯嗯嗯～！」

精液迸射，愛液滴落。

兩人渾身大汗，幾乎同時達到高潮。

●

薇歐菈・魯・格，也是南方零零零八號。

她絕對不是危險的龍——不如說她是從暴虐邪龍手中守護村莊的存在。而且只要她以「主人」之姿留在這片土地上，就會從其他危險的龍與魔物手中守護周圍一帶。

亞爾克為了傳達這些事而返回村子。

化身為少女姿態的薇歐菈也一起在他身邊，她在村子的生還者面前再次變回龍形給他們看，表示亞爾克的話語並非虛言。

紅龍在村裡大大肆虐了一番，因此村裡的倖存者當然尚未解除戒心，大部分的人都浮現半信半疑的表情，然而——

「就是這麼一回事呢……」

發出嘆息如此說道的人是莫妮卡。

〈勇者隊〉的騎士除了她以外全軍覆滅，隨從兵也僅剩三名，而且還都身受重傷。〈勇者隊〉事實上呈現崩潰狀態。雖說是奇襲，王國自豪的「救世部隊」還有「傳教部隊」仍是因為一頭龍而消失了。

「到頭來……亞爾克，你還是變成了活祭品呢。」

「欸？呃，我都說了——」

「所謂的活祭品，並不只是被對方吃掉喔。」

莫妮卡如此說道。

「在神話與傳承裡，也有將少女做為『新娘』獻給龍的故事唷。當然，實際上如果有這種事情的話，幾乎所有活祭品都會被吃掉就是了……其中說不定也有像現在的亞爾克，還有那個薇歐菈……小姐？一樣感情變好的龍與人呢。」

「……………」

「……………」

亞爾克與薇歐菈面面相覷。

他們還以為這種關係肯定是異例中的異例，是最初也是最後就是了。

「總之亞爾克，我要先回王國首都一趟。我得報告〈勇者隊〉全毀的事，還有亞爾克的事。」

「我的事——嗎？」

「你打倒了足以毀掉〈勇者隊〉的強大巨龍——所以可是英雄吶。只要有附上蘭古貴族家名的推薦信，我想亞爾克就能以騎士的身分，不，是以貴族的身分得到提拔。」

不如說如果不這樣做，就無法擺出王國的面子了。

「啊，不。可是大小姐，我——」

什麼貴族啦騎士的，怎樣都無所謂了。

亞爾克打算這樣說——然而。

「只要成為貴族，就能擁有領地。只要有領地——」

莫妮卡環視村子如此說道。

「舉例來說，像是用轉換封地的方式交換領地，亞爾克也——或許也能當上這座村子跟附近一帶的領主。」

「這……」

也就是說，亞爾克將會以領主的身分留在此地，守護這片土地。

與另一名「主人」一同——

「薇歐菈……」

「亞爾克──」

亞爾克與薇歐菈四目相望。

莫妮卡對這副模樣──有些無言、半閉眼睛地凝視半晌後。

「啊，不過就算不受封為騎士或是加入貴族，只要讓亞爾克入贅我家──蘭古家的話，領地的事或許就會有辦法解決呢？」

「欸？呃，大小姐這個──」

也就是說，莫妮卡要跟亞爾克結婚嗎？

「如果是率領龍，打倒龍的英雄，就算是父親，我想也不會說不行的……而且畢竟亞爾克是我的救命恩人嘛。」

如此說道後，莫妮卡笑了，在她面前的亞爾克啞口無言。

另一方面──

「──不行，絕對，不行！」

如此說道，抓住亞爾克的手臂將他拉走的人是薇歐菈。

「因為這個是我的！」

「薇歐菈……小姐？不過呀，那個，亞爾克原本是我的隨從。」

「原本什麼的無所謂了，現在是我的──」

話說到這裡──薇歐菈語塞了一瞬間。

「是我的，丈、丈、丈夫喔!!因為我們一起變舒服了好多好多次唷！因為他也在我體內釋出了滿滿的精種！我也會替他生一大堆小寶寶的！不會給妳的！」

「…………」

毫無掩飾的直白話語讓亞爾克不由自主用雙手蓋住臉龐——莫妮卡瞪圓雙眼，而眾村民則是一片譁然。

「……亞爾克，給我解釋一下這件事。」

莫妮卡用教訓頑皮弟弟的姊姊語氣如此說道。

「我還在想說你們的感情亂好一把的說……！居然跟龍……把龍……？而且這女孩換算成人類是幾歲啊!?」

「啊，不，這是誤會——雖然不是這樣，但我並沒有……」

要解釋這些事的話，亞爾克覺得會有很多複雜的情況要說——而且講起來也很丟臉，所以才在這裡打了馬虎眼，不過看樣子好像是無法蒙混下去了。

「就連來到這裡前，亞爾克也一邊呼喚我的名字，一邊在屁股弄了好多的——」

「呃，那個，薇歐菈。算我求妳了，閉嘴吧……如果妳肯的話，我會很開心的……」

呈現某種亢奮狀態的龍少女明明沒被追問種種事情，自己就劈里啪啦地東說西說一大堆，亞爾克在她身旁——長長地嘆了一大口氣。

…………

——數年後。

亞爾克・耶爾吉特在迂迴曲折之後，被公認為史上第一名與龍締結契約，與龍一同活下去的存在——也就是說他成為王國最初的「龍騎士」，而且會被隨後的龍騎士們稱為「初始的龍姬士」。

另外，亞爾克的幼妻、同時也是騎龍的薇歐菈・魯・格・耶爾吉特，產下亞爾克的小孩，而那名小孩究竟是龍是人，也會引發一場將眾賢者全部捲入的大騷動就是了。

而這又是另一個故事了。

（劇終）

浮文字

龍姬薇歐菈　祭品與最強魔物濃情蜜意
（原名：竜姫のヴィオラ 生贄は最強の魔物と恋に落ちて）

著　者／逆木一郎
插　畫／みやま零
譯　者／梁思嘉
發 行 人／黃鎮隆
副總經理／陳君平
副　理／洪琇菁
國際版權／黃令歡
執行編輯／編輯部
美術編輯／陳聖義
企劃宣傳／邱小祐、劉宜蓉
文字校對／施亞蒨
內文排版／謝青秀

出　版／城邦文化事業股份有限公司 尖端出版
台北市中山區民生東路二段一四一號十樓
電話：（〇二）二五〇〇—七六〇〇
傳真：（〇二）二五〇〇—二六八三
E-mail：7novels@mail2.spp.com.tw

發　行／英屬蓋曼群島商家庭傳媒股份有限公司城邦分公司　尖端出版
台北市中山區民生東路二段一四一號十樓
電話：（〇二）二五〇〇—七六〇〇（代表號）
傳真：（〇二）二五〇〇—一九七九

中彰投以北經銷／楨彥有限公司（含宜花東）
電話：（〇二）八九一九—三三六九
傳真：（〇二）八九一四—五五二四

雲嘉經銷／智豐圖書有限公司　嘉義公司
電話：（〇五）二三三—三八五二
傳真：（〇二）二三三—三八六三
客服專線：〇八〇〇—〇二八—〇二八

南部經銷／智豐圖書有限公司　高雄公司
電話：（〇七）三七三—〇〇七九
傳真：（〇七）三七三—〇〇八七

一代匯集／香港九龍旺角塘尾道六十四號龍駒企業大廈十樓B&D室
電話：（八五二）二七八三—八一〇二
傳真：（八五二）二五八二—一五二九
E-mail：hkcite@biznetvigator.com

新馬經銷／城邦（馬新）出版集團Cite（M）Sdn. Bhd.
E-mail：cite@cite.com.my

法律顧問／王子文律師　元禾法律事務所
台北市羅斯福路三段三十七號十五樓

二〇二〇年六月一版一刷

■中文版■

郵購注意事項：
1.填妥劃撥單資料：帳號：50003021戶名：英屬蓋曼群島商家庭傳媒(股)公司城邦分公司。2.通信欄內註明訂購書名與冊數。3.劃撥金額低於500元，請加附掛號郵資50元。如劃撥日起 10～14日，仍未收到書時，請洽劃撥組。劃撥專線TEL：(03)312-4212 ・ FAX：(03)322-4621。E-mail：marketing@spp.com.tw

國家圖書館出版品預行編目資料

龍姬薇歐菈 祭品與最強魔物濃情蜜意 / 逆木一郎
作；梁恩嘉譯. -- 1版. -- 臺北市：尖端出版：家
庭傳媒城邦分公司發行, 2020. 06
面；　公分
譯自：竜姫のヴィオラ 生贄は最強の魔物と恋に
落ちて
ISBN 978-957-10-8931-7（平裝）

861.57　　109004965